当名著遇见科学

下篇

秘密花园

[美] 弗朗西丝·霍奇森·伯内特 著
[英] 凯蒂·迪克尔 改编
王晋 译

电子工业出版社
Publishing House of Electronics Industry
北京·BEIJING

Published in 2022 by Welbeck Children's Books
An imprint of Welbeck Children's Limited, part of Welbeck Publishing Group
Based in London and Sydney
www.welbeckpublishing.com

Text, Illustration & Design © Welbeck Children's Limited, part of Welbeck Publishing Group.

本书中文简体版专有出版权授予电子工业出版社。未经许可，不得以任何方式复制或抄袭本书的任何部分。
版权贸易合同登记号　图字：01-2022-7104

图书在版编目（CIP）数据

秘密花园：上下篇／（美）弗朗西丝·霍奇森·伯内特著；（英）凯蒂·迪克尔改编；王晋译．—北京：电子工业出版社，2023.5
（当名著遇见科学）
书名原文：STEAM TALES
ISBN 978-7-121-44975-8

Ⅰ．①秘… Ⅱ．①弗… ②凯… ③王… Ⅲ．①儿童小说－长篇小说－美国－现代 Ⅳ．①I712.84

中国国家版本馆 CIP 数据核字（2023）第 040469 号

审图号：GS 京（2022）1401 号
本书插图系原文插图。

"企鹅"及其相关标识是企鹅兰登已经注册或尚未注册的商标。
未经允许，不得擅用。
封底凡无企鹅防伪标识者均属未经授权之非法版本。

责任编辑：郭景瑶
文字编辑：刘　晓
印　　刷：北京利丰雅高长城印刷有限公司
装　　订：北京利丰雅高长城印刷有限公司
出版发行：电子工业出版社
　　　　　北京市海淀区万寿路 173 信箱　邮编：100036
开　　本：787×980　1/16　印张：41　字数：524.8 千字
版　　次：2023 年 5 月第 1 版
印　　次：2023 年 5 月第 1 次印刷
定　　价：239.00 元（全 8 册）

凡所购买电子工业出版社图书有缺损问题，请向购买书店调换。若书店售缺，请与本社发行部联系，联系及邮购电话：(010) 88254888，88258888。
质量投诉请发邮件至 zlts@phei.com.cn，盗版侵权举报请发邮件至 dbqq@phei.com.cn。
本书咨询联系方式：(010) 88254210，influence@phei.com.cn，微信号：yingxianglibook。

目 录
contents

第六章
发脾气

- 🔍 荒原上为什么会下雨？／008
- 🔍 鸟儿如何筑巢？／015
- 🎞 制作雨云／016
- 🎞 搭建鸟巢／018

第七章
春天来了

- 🔍 风和天气／023
- 🔍 口音和方言／027
- 🎞 用瓶子模拟肺呼吸／032
- 🎞 制作风速计／034

第八章
魔法

- 🔍 声速／040
- 🔍 修剪植物／045
- 🎞 制作轮椅／048
- 🎞 制作手翻书／050

第九章
画像

- 🔍 酵母／057
- 🔍 运动中的肌肉／059
- 🎞 制作圆规／064
- 🎞 制作肌肉模型／066

第十章
揭秘

- 🔍 人脑的结构／074
- 🔍 动量／077
- 🎞 制作纸玫瑰／080
- 🎞 动量的作用／082

第六章 发脾气

又下了一个星期的雨，没法儿出去玩，玛丽每天都和科林待在一起几个小时。她想弄清楚科林能不能保守花园的秘密，还想知道如何神不知鬼不觉地把他带到花园去。

天空放晴的那一天，玛丽早早地醒了。她直奔花园而去，迪康已经到了，正卖力地干着活。一只长着红色尾巴的、毛茸茸的小动物坐在他身边，一只乌鸦静静地站在他的肩膀上。"它是小狐狸，"迪康说，"名叫'船长'。这个呢，叫'煤球'。"

那天，他们在花园里发现了许多稀奇的事。后来，他们坐在一棵树旁休息，静静地观看知更鸟飞来飞去地筑巢。这时，玛丽打开了话匣子："你听说过科林的事吗？"

"你知道他的什么事啦？"

"我见过他了，这几天我每天都和他聊天。他说我让他忘记了生病和死亡。"玛丽解释说。

迪康看起来松了一口气。"听你这么说，我很高兴。"他感叹道，"要知道，我可什么都不能说。"

"你觉得克雷文先生希望他死吗？"玛丽悄悄地问。

"那倒不是。不过，他希望科林压根儿就没有出生。妈妈说，这对一个孩子来说，是最不幸的事了。而且，他还生怕见到

知识园地

荒原上为什么会下雨？

水循环是指水以液体、固体或气体的形态在地球上连续运动的过程。例如，冰川是固态的水，水蒸气是气态的水。

太阳的照射使江河湖海中的水变成水蒸气。温暖的水蒸气在上升的过程中会冷却，并凝结成液体，形成云。随着凝结而成的水越来越多，云层越来越厚，逐渐达到饱和状态。

因为重力的作用，水以雨、雪或冰雹等形式落回地面，循环再次开始。

荒原地带通常雨水很多，因为这里地势较高，温度较低，水蒸气凝结得更快，从而形成多雨的气候。

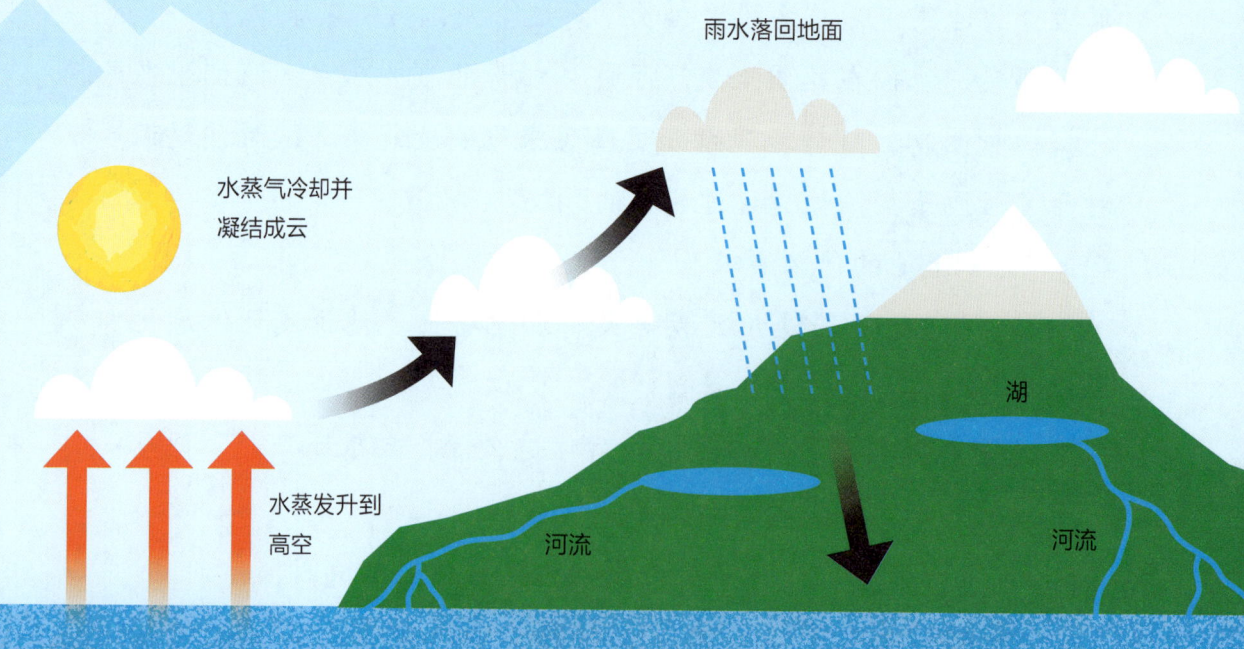

这个孩子长成驼背。"

"科林自己也很害怕呢，他都不愿意坐起来。"玛丽说。

"唉！他不应该总躺在那儿琢磨这些事，"迪康说，"要是科林到这儿来，他就不会总为自己背上长没长包发愁了。"

"我也是这么想的，"玛丽说，"如果他要我们带他出来，没有人敢不听他的话。"

那天早上，他们发现有很多事情要做，玛丽回去吃午饭时已经比平时晚了。"告诉科林，我还没办法去看他，"她对玛莎说，"迪康在花园里等我呢。"说完，她就跑了出去。

下午比上午还忙。"明天是个好天儿，"迪康说，"太阳一出来，我就来干活。"

"我也一样。" 玛丽和迪康达成一致，便快速跑回了屋子。可是，当她推开房门时，她发现玛莎愁眉苦脸的。

"唉！"玛莎说，"我真希望你去看他了，他差点儿就犯老毛病了。为了让他安静下来，我忙活了整整一下午。他一直盯着钟看。"

雨天

荒原上雨水很多，因为这里地势较高。玛丽只有在天气好的时候才能去花园。

你能自己创造一片雨云吗？把书翻到第92页，看看怎么做吧。

玛丽的嘴唇抿得紧紧的。她觉得没有理由让一个坏脾气的男孩来干涉她最喜欢做的事情。

玛丽走进科林的房间，发现他躺在床上，没有转头看她。玛丽走到他的跟前，态度也很生硬。

"你干吗不起来？"她说。

"早上，我以为你要来的时候，起来了。"他回答道，"下午我让他们把我扶回了床上。你为什么不来？"

"我和迪康在花园里干活呢。"玛丽说。

科林皱了皱眉头，生气地说："如果你和那个男孩在一起，却不来和我说话，我就不允许他来了。"

玛丽气坏了："要是你赶走迪康，我就再也不会踏进这个房间一步！"

"我有办法让你来，"科林说，"他们会把你拖过来。"

"是吗，王公大人！"玛丽回击道，"他们可以把我拖过来，但他们不能让我开口说话。我会坐在那里，咬紧牙关，一句话也不和你讲。"

"你真是个自私的女孩！"科林哭了。

"你才是我见过的最自私的男孩呢。"

科林从来没有和他人旗鼓相当地吵过架，难过的感觉开始在他心里蔓延。

"我可没有你那么自私，因为我一直在生病，而且后背肯定有一个包在长，"他说，"反正我就快要死了。"

"你才不会死呢！"玛丽毫不留情地说，"你这样说就是为了让别人担心你。我敢保证你还为此洋洋得意呢。"

科林坐了起来,把枕头扔向玛丽。"滚出我的房间!"他喊道。

"我这就走,"她说,"走了就再也不回来了!我本来打算给你讲讲花园的事呢,现在我什么都不会告诉你了!"

玛丽既生气,又失望,但一点儿也不为科林感到难过。她回到自己的房间时,玛莎一脸好奇的表情。"克雷文先生给你寄来了这个。"玛莎说。

一个木箱子里面装满了整整齐齐的包裹,里面有几本漂亮的书,两本是关于园艺的,还有几个玩具和一个漂亮的文具盒,里面装着一支金笔和墨水。这些东西是那么的漂亮,玛丽的愤怒一点点消散了。她说:"我会写信告诉他,我非常感谢他。"

科林以前告诉过玛丽，他每次发脾气，都是因为自己内心抑制不住的恐惧导致的，玛丽很是为他难过。"我说过我不会再回去了，不过，也许明天早上我可以去看看。"她心想。

半夜时分，她被可怕的哭声和尖叫声惊醒了。走廊上传来"砰砰"的关门声和匆忙的脚步声。

"是科林。"她想，"他又发脾气了，就是护士说的'歇斯底里'。"她用手捂住耳朵，"我受不了啦。"

突然之间，她也好想发一通脾气，吓唬吓唬科林，就像他吓唬自己一样。以前都是她向别人发脾气，她还没有领教过别人朝她发脾气呢。走廊上的脚步声越来越近了，护士走了进来。她说："他会伤到自己的。谁都拿他没办法，你来试试吧，做个好孩子。"

玛丽沿着走廊一路飞奔，离科林的房间越近，她的怒气就越大。她用手猛推开门，冲到床前。

"你给我停下来！我讨厌你！所有的人都讨厌你！我真希望他们随你怎么喊怎么叫，最好把你自己的小命送掉！你再喊一分钟，就会送命的！"

科林趴在床上，用手捶着枕头，玛丽的话让他大吃一惊。他停了下来。他的脸一块白，一块红，而且肿胀着。他在大口地呼吸，仿佛透不过气来。

"要是你再叫，"她说，"我也会叫，我要把你吓死！"

快到嘴边的那声尖叫差点儿把他噎住。泪水从他的脸上流下来，他浑身都在颤抖。"我停不下来！"他喘着粗气，抽泣着说，"我停不下来！"

"你可以的！"玛丽喝道。"你的病一半都是因为歇斯底里和乱发脾气导致的！"她跺着脚说道。

"我摸到了那个鼓包！"科林哽咽道，"我早就知道我会长成驼背的，我就快死了。"

"你根本就没摸到鼓包！"玛丽气冲冲地说，"你的后背什么毛病都没有，翻过身来让我看看！"

科林的后背瘦得可怜，有几根骨头都可以数得出来。玛丽上上下下检查了一遍。"哪儿有什么鼓包！"她最后说，"只有脊柱上的那些小凸起，你摸到的就是它们。这些我也有，要是胖一点，就摸不到了。"

"我一直不知道，"护士说，"他觉得自己后背有鼓包。他的后背没有什么力气，因为他总是不愿意坐起来。早知道我就告诉他那里没有鼓包了。"

科林把脸转了过来，静静地躺了一分钟。他抽泣的声音渐渐消失了，能听到的只有他深深的呼吸声。他把一只小手朝玛丽伸过去，玛丽握住了他的手，就像她想交朋友时一样。

"我要跟你到外面去，玛丽，"他说，"要是迪康可以推轮椅的话。我真的很想见见迪康和他的小动物们。"

护士走后，科林忍不住问道："你找到进去的路了吗？"

"我想我找到了。"她回答道，"赶紧睡觉吧，我明天再告诉你。"

"哦，玛丽！你能给我讲讲你想象中的花园是什么样子的吗？"她给他讲了嫩芽如何从黑黢黢的土地中钻出来，还有舒展的叶子是怎么长出来的、知更鸟是如何筑巢的。慢慢地，科林闭上了眼睛。

舒适的窝

玛丽和迪康看到知更鸟不停地衔来树枝和树叶为家人筑巢。

你能用简单的材料做一个鸟巢吗？把书翻到第94页，看看怎么做吧。

知识园地

鸟儿如何筑巢？

鸟巢为鸟儿提供了一个安全温暖的住处。鸟儿在巢里孵蛋，把雏鸟养大。

鸟儿会把细枝和草茎衔来，编织成巢，还会用泥巴或自己的唾液将衔来的苔藓、树皮和羽毛"胶结"成巢。有时，鸟儿会用带有黏性的蜘蛛网给巢打底。

杯状巢由树枝和苔藓构成，而附着式鸟巢由泥巴筑成，通常依附于大树或建筑物的一侧。有些鸟儿，如猫头鹰，会"借用"其他鸟儿的巢，或是利用现成的树洞。有些鸟儿根本不筑巢，它们仅仅用石缝来保护自己。

附着式鸟巢

杯状巢

树洞

动手做一做

制作雨云

有几天,雨下得很大,玛丽只能待在屋里。自己动手做一朵雨云吧。

准备材料

- 两个开口的罐子(或玻璃杯)
- 水
- 蓝色食用色素
- 剃须泡沫
- 吸管

1. 在一个罐子里装上3/4的凉水。

2. 在另一个罐子里装一些水,加入几滴蓝色食用色素。

3. 将剃须泡沫喷在第一个罐子中水的上方,做成"蓬松的云朵"。

科学

用吸管从第二个罐子里吸一些蓝色的水。

将蓝色的水滴到"云朵"上。

重复滴一两分钟,直到蓝色的"雨"穿透云朵落下去。

原理

当你把水滴到"云朵"上面时,"云朵"会变得越来越重。最终,水滴会穿透云层,落到下面的水中。同理,当空气中越来越多的水蒸气凝结时,雨云会变得越来越重,最后,在重力的作用下,水以雨、雪或冰雹等形式落回地面。

 动手做一做

搭建鸟巢

知更鸟正忙着采集筑巢用的东西,你也试着从户外找些东西搭建一个鸟巢吧。

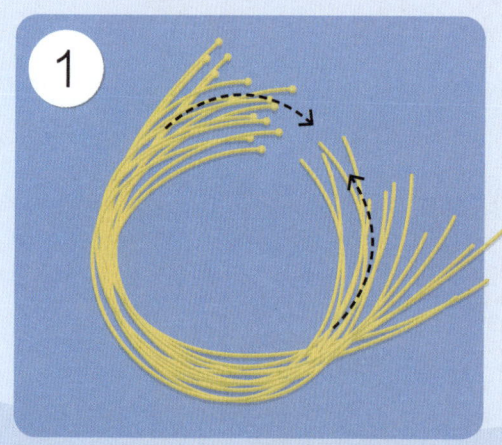

准备材料

- 较长的植物茎(比如稻草、青草或藤蔓)
- 细枝、树叶、树皮、苔藓
- 绳子
- 剪刀

拿一把植物的茎,比如稻草、青草或藤蔓,把它们弯成一个环。

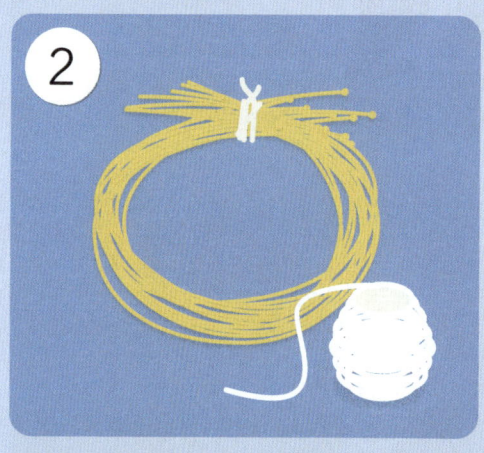

再多加一些茎,做成一个完整的环。用绳子将两端系在一起。

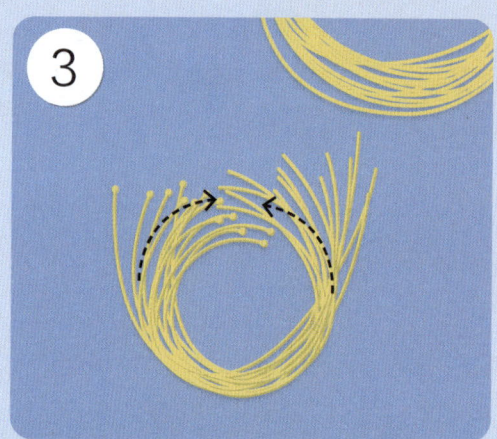

再拿一小把植物的茎,弯成一个较小的环。

工程

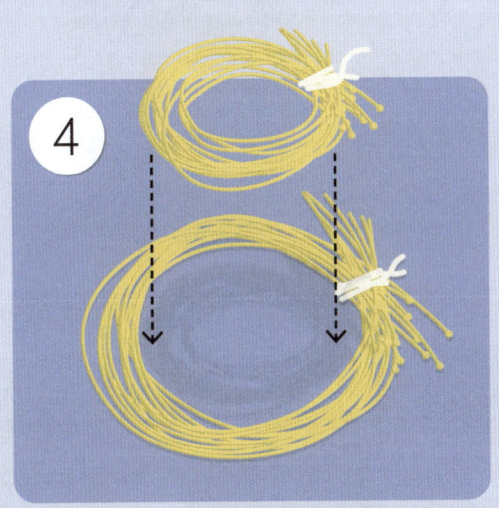

将较小的环放在较大的环里面,向下推。如果需要的话,可以用绳子把两个环绑在一起。

把细枝、树叶、树皮或苔藓垫在鸟巢的底部。

为了增添效果,可以在鸟巢中放几个鸡蛋。

 **原理**

鸟儿用喙把树枝和草茎编织在一起,搭成牢固的鸟巢。它们还会将泥巴和自己的唾液当作胶水。杯状巢比较结实,当鸟妈妈坐在上面孵蛋时,鸟蛋会紧紧地靠在一起。

第七章　春天来了

第二天早晨，玛丽很疲倦，所以没有早早起来。玛莎给她端来早餐的时候，告诉她科林希望尽早见到她。科林躺在床上，脸色煞白，黑眼圈十分明显。

"我很高兴你能来，"他说，"我太累了，浑身都疼。你这是要去什么地方吗？"

"我要去见迪康，但我会回来的，是有关秘密花园的事。"

科林的脸上恢复了一丝血色。他说："哦，我昨天晚上还梦到它了！它很漂亮。我会躺在这里，想着它，直到你回来。"

玛丽到了花园后，把昨晚发生的事情一股脑儿告诉了迪康。"嗯！咱们得把他弄出来，一点儿时间都不能耽搁了。"迪康说。

秘密花园太美了，让人不忍离开。狐狸和乌鸦也来了，还有两只温顺的松鼠，它们名叫"坚果"和"贝壳"。不过，玛丽还是回到了宅子，把迪康和小动物们的事儿都讲给了科林听。

"我是不会介意让迪康见到我的。"科林若有所思地说，"我想见见他。"

"你这么说，我很高兴。"玛丽答道，"因为迪康说，他明天早上会来看你，还会带着小动物一起来。"

科林开心地大叫起来。

"我还没说完呢，"玛丽接着说，"有一扇门可以通往秘密花园，我找到它了，它就在墙上的常春藤后面。"

"哦，玛丽！"科林抽泣着喊道，"我还能活着看到它吗？"

"当然能啦！"玛丽厉声说道，"别犯傻啦！"说完，他们大笑起来，科林把自己的病痛抛到了脑后。

那天早上，有人去把克雷文医生请来了。克雷文医生一到，就不耐烦地问梅德洛克夫人："他怎么样了？"

"先生，"她回答道，"待会儿你肯定不敢相信自己的眼睛。那个长相平平、脾气糟糕的女孩把他给制服了。昨天晚上，她像一只小猫一样冲到他旁边，命令他别再叫了。快上去瞧瞧吧。"

眼前的一幕着实让人吃惊。科林腰背挺直地坐在沙发上，他一边看书，一边和那个女孩说话。

"孩子，听说你昨晚病了，我很担心。"克雷文医生说。

"我现在好多了。"科林回答，"如果天气好的话，这一两天我会坐轮椅出去看看，我想呼吸一些新鲜空气。"

克雷文医生摸了摸科林的脉搏，好奇地看着他。"天气必须非常好才行，你必须异常小心，不要让自己累着。我还以为你不喜欢新鲜空气呢。"克雷文医生说。

"如果一个人的话，我确实不喜欢，"科林回答，"但我的表妹会陪着我。我认识一个身体很棒的男孩，他会帮我推轮椅。"

风和天气

空气从高压区向低压区流动,就会形成风。气压相差越大,风速越快。

在高压区,冷空气下降,云层无法形成,所以会出现轻风和晴天。在低压区,暖空气上升,其中的水蒸气会冷却并凝结成云,所以低压区通常多云、湿润、多风。

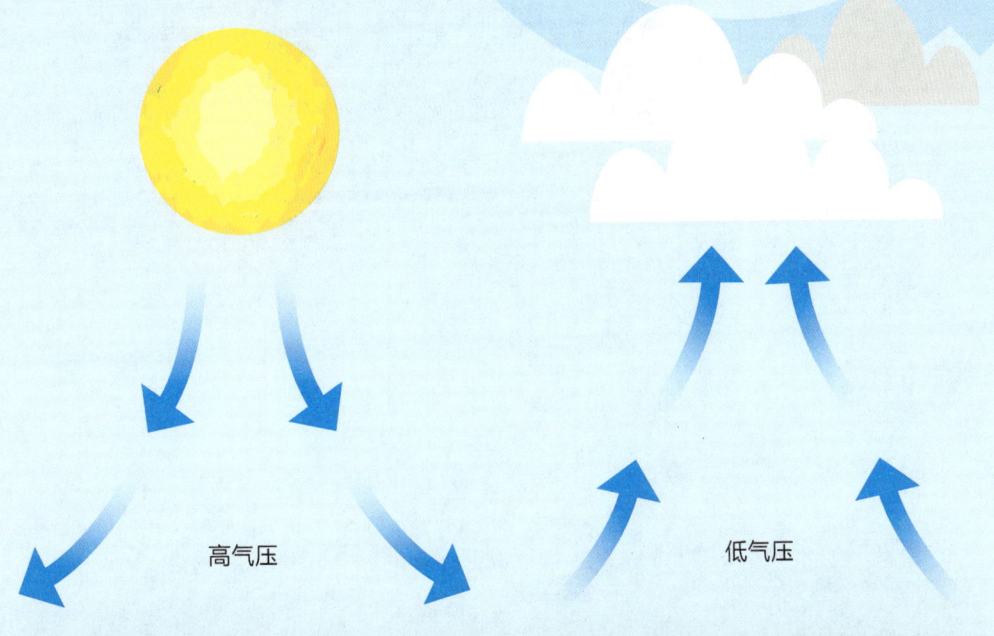

高气压　　低气压

"他必须是个强壮稳重的男孩才行。"克雷文医生说,"我得先了解一下他的情况。"

这时,玛丽开口了:"是迪康。"克雷文医生紧绷的脸放松下来,露出了笑容。"哦,那你会很安全。"他说,"他壮实得就像一匹小马一样!"

"这确实是一种新的动向,"克雷文医生离开时对梅德洛克夫人说,"毫无疑问,比以前要好。"

那天晚上,科林睡得很好,早上起来的时候,满脑子都是他和玛丽的计划。玛丽跑进来找他的时候,他醒了也就十多分钟。"真是太美了!"她上气不接下气地说,"春天来啦,春天来啦!迪康是这么说的!"

"真的吗?"科林叫道,"快打开窗户!"清新的空气和鸟儿的歌声扑面而来。

"你快躺好,深呼吸,迪康躺在草地上时就是这样做的。他说他可以感觉到新鲜空气在他的血液里流动,他觉得自己可以永远活下去。"

深呼吸

呼吸新鲜空气对科林的肺和健康有好处。

把书翻到第108页,看看肺是如何呼吸的。

护士进来的时候,玛丽正在给科林讲花园里的变化。她看到窗户开着,吓了一大跳。"你真的不觉得冷吗,科林少爷?"她问道。

"不冷,我正在深深地吸入新鲜空气,它会让人变得强壮。"

当护士端着早餐回来时,科林用印度王公的口吻说:"今天上午,一个男孩、一只狐狸、一只乌鸦、两只松鼠,还有一只刚生下来的小羊羔,会来拜访我。到时候,把他们带到楼上来。"

大约过了十分钟,玛丽举起手说:"快听!他来了!"迪康的靴子踏在长长的走廊上,发出"咔咔"的声音。他带着灿烂的笑容走了进来,怀里抱着小羊羔,身边跟着红色的小狐狸,左肩膀上坐着"坚果",右肩膀上坐着"煤球",外衣兜里探出了"贝壳"的小爪子和小脑袋。

科林坐了起来,眼睛里满是惊讶和高兴。科林长这么大从来没有和任何男孩说过话,他有点不知所措,害羞起来。

迪康走到科林的椅子旁,把小羊羔轻轻地放在他的膝上。这个小东西马上开始用鼻子轻轻地蹭科林那温暖的天鹅绒睡衣。

"它这是在干什么?"科林喊道。

"它想要妈妈了。"迪康微笑着说。他从兜里掏出一个奶瓶。"来吧,小家伙,"他说,"你想要的东西在这儿呢,快喝吧。"他把奶瓶的橡胶奶头塞到小羊羔的嘴巴里,小羊羔贪婪地吮吸起来。

等小羊羔睡着了,科林开始了一连串的提问。他们说话的时候,"煤球"煞有其事地一会儿飞出窗户,一会儿又飞进来,"坚果"和"贝壳"蹿到外面的大树上。迪康坐在壁炉旁,"船

口音和方言

口音指的是某个人的发音方式，而方言强调的是词汇、语法和发音方式。口音会因为学习语言的方式、时间、地点，以及经常交谈的人而有所不同。

同一群体的人在穿着、举止和说话方式上往往类似。每个人都有口音，即使他们并不这样认为。如果你置身于不同的人群中，你也会学会他们的口音。

约克郡曾经在维京人的统治之下。迪康和玛莎说的约克郡方言起源于古英语和古北欧语。举几个约克郡方言的例子，"mardy"相当于"moody"，意思是"喜怒无常的"；"nowt"相当于"nothing"，意思是"无，没有"；"snicket"相当于"alleyway"，意思是"小巷"。

长"蜷缩在他的身边。

　　他们一起看着园艺书中的图片,迪康知道所有花的名字,还知道秘密花园都长着哪些花。"我要去看看!"科林大声说道。

　　不过,因为变天了,科林出去会有感冒的风险,所以他们只得等天气变好后才能去秘密花园。一个多星期后的一天,园丁总管洛奇先生很是意外,因为科林少爷叫他去一趟。

好在梅德洛克夫人提前就给洛奇先生打了预防针,否则他肯定会大吃一惊的。当他打开卧室的门时,一只大乌鸦好像在报告他的到来。科林坐在扶手椅上,一只小羊羔站在他的身旁摇着尾巴。一只松鼠站在迪康弓着的背上,那个从印度来的小女孩坐在脚凳上看着屋里的一切。

"哦,你就是洛奇了,是吧?"科林说,"我有一项非常重要的命令。今天下午,我要坐着轮椅出去。如果新鲜空气对我有益的话,我可能每天都会出去。我出去的时候,所有园丁都不能靠近园子墙外那条长长的小路。我两点钟左右出去，所有人都不得靠近那里。直到我发话，他们才可以回去干活。"

"好的，少爷。"洛奇先生回答道。他大大地松了一口气，因为这并不是什么太难的事儿。

迪康带着小动物们回到了花园，玛丽陪着科林待在房间里。她觉得科林看起来并没有劳累的迹象，但他吃午餐的时候非常安静。"我忍不住在想，春天会是什么样子的，"他说，"我从来没有好好看过春天。"

"我在印度的时候也从来没有见过春天，因为那儿就没有春天。"玛丽说。他们不停地谈论着接下来会发生的所有令人兴奋的事。

过了一会儿，护士给科林穿好衣服，一个身强体壮的男仆把他抱下楼，放在轮椅上。这时，迪康正在外面等着他们。

随后，迪康慢慢地推动轮椅，他推得很稳。玛丽走在一旁，

 **微风**

荒原上的风改变了天气，带来了春天的气息。

你能不能做一个风速计，测量一下周围的风速？把书翻到第110页，看看怎么做吧。

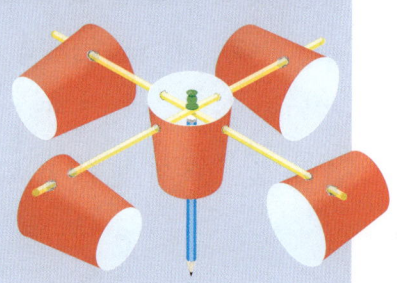

科林靠在椅背上，抬头望着天空。天空看起来是那么高，雪白的云朵仿佛张开翅膀飞翔的白色鸟儿。科林不断地挺起瘦弱的胸膛，将微风吸入体内。

"到处都是鸣啭、哼唱和呼喊的声音，"他说，"随风飘来的是什么香味？"

"是荒原上金雀花的香味。"迪康回答，"呀！今天蜜蜂可有的忙了。"

动手做一做

用瓶子模拟肺呼吸

当科林将新鲜空气深深地吸入肺部时,他感觉好多了。做个简单的实验,看看肺是如何呼吸的。

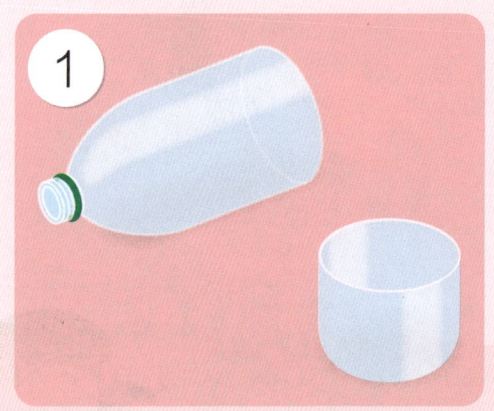

准备材料
- 大塑料瓶
- 两个气球(一个红色,一个蓝色)
- 剪刀

请大人帮忙把塑料瓶的末端剪掉,留带瓶口的部分。

把蓝色气球的顶端剪掉,在底端打一个结。

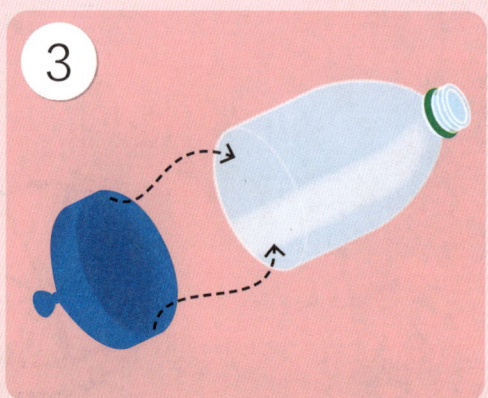

如图所示,轻轻地将蓝色气球套在瓶子的底端。

科学

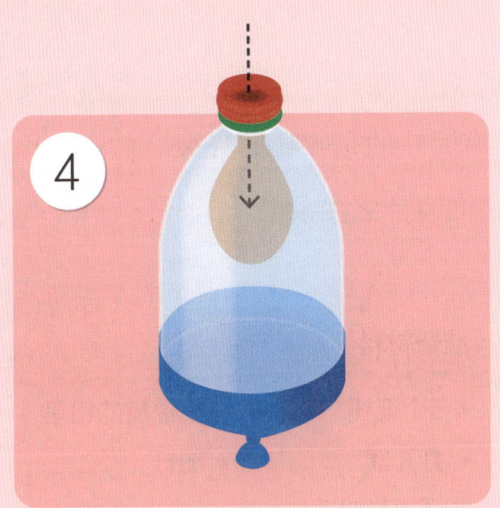

将红色气球放入瓶口中,如图所示,将气球的吹气口折叠套在瓶口上,固定好。

轻轻地向下拉蓝色气球,看看红色气球有什么变化?

再把蓝色气球往上推,这时红色气球又会有什么变化?

 **原理**

塑料瓶代表胸腔,红色气球代表一个肺,蓝色气球代表横膈膜。往下拉蓝色气球时,膈肌收缩,瓶子的体积增加。这降低了红色气球中的气压,所以更多的空气被吸入瓶子和红色气球中。往上推蓝色气球时,膈肌放松,瓶子的体积减小,空气被迫排出。

动手做一做

制作风速计

荒原上有时吹的是温和的微风,有时吹的是呼啸的狂风。做一个风速计,看看风的强度与风速计的转速之间有什么关系吧。

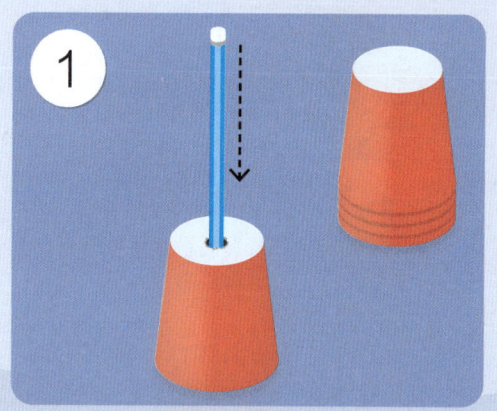

准备材料

- 5个纸杯
- 打孔器
- 两根长吸管
- 带橡皮的铅笔
- 图钉

请大人帮你在一个杯子的底部用铅笔戳一个洞。

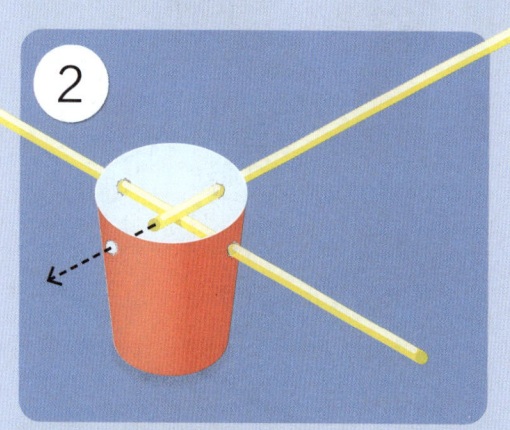

在这个杯子边缘的下方打4个孔,将两根吸管分别穿过两个孔,呈交叉状。

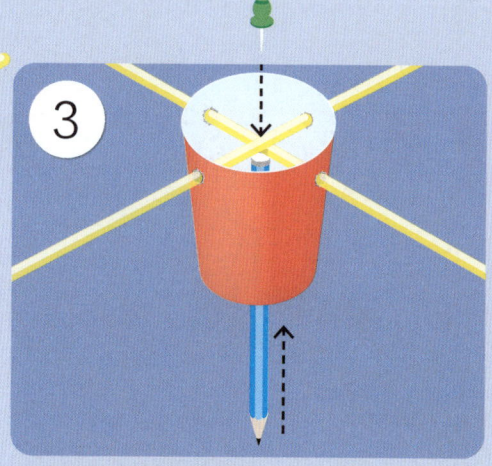

将铅笔穿过杯子底部的那个孔(橡皮朝上),将图钉穿过吸管扎入橡皮中。检查一下,风速计是否可以自由旋转。

工程

如图所示,分别在剩下的4个杯子上各打两个孔。

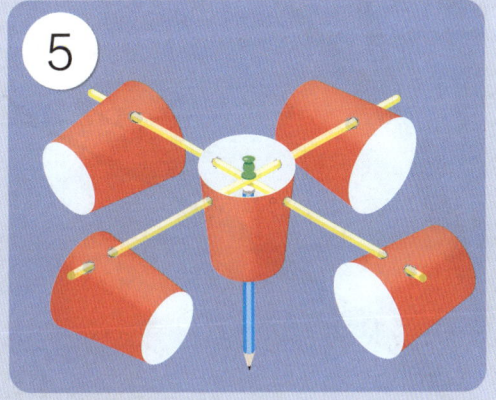

将杯子穿到吸管上,注意,杯子的朝向要保持一致。

在有风的天气,把风速计带到室外(或者在室内使用风扇)。观察一下,随着风速的变化,杯子的转速有什么变化。

 原理

风速计是用来测量风速的仪器。随着风的吹动,杯子会绕着中央的铅笔旋转起来。风速计遇到强风时会旋转得更快,它会将转数记录下来。

第八章 魔 法

当走到爬满常春藤的墙边时,他们开始窃窃私语。"我们到了,"玛丽小声说道,"知更鸟就是从这儿飞到墙那边的。这是它指给我钥匙的地方。这就是被风吹起来的那绺常春藤。"她掀起常春藤编织成的绿色幕布,接着说:"这就是门把手,门就在这儿。迪康,快把他推进去。"

科林用手蒙住自己的眼睛,进了花园才把手放下。他发现周围五彩斑斓的,有扇动的翅膀、嗡嗡的声音、香甜的气味。玛丽和迪康惊讶地盯着科林,因为一道粉红色的亮光正环绕着他。

"我会好起来的!"他喊道,"我会活下去的。"

玛丽和迪康这里干一会儿,那里干一会儿,科林在一旁看着他们。后来,迪康推着轮椅带科林在花园里转了一圈,时不时停下来让他看看从土里或树上长出来的生命奇迹。

他们把轮椅推到李子树下,迪康掏出了木笛。这时,科林发现了他之前没有注意到的东西。

"那是一棵非常古老的树,是不是?"他说。

迪康和玛丽朝那边望去,有片刻的时间,大家谁都没有说话。"是的。"迪康的语调非常柔和。

"它完全死了,对不对?"科林接着说,"好像有一根大树枝断了，不知道是怎么弄断的。"

"那是很多年前造成的。"迪康回答道。他突然松了一口气，把手按在科林身上，接着说："看那只知更鸟！就在那儿！它正在给它的伴儿觅食呢。"

知更鸟飞快地穿过绿叶，离开了他们的视线。科林又靠回到椅背上，露出了笑容。

"肯定是魔法把知更鸟送来的，"玛丽过后偷偷地对迪康说，"我知道一准儿是魔法。"因为她和迪康都害怕科林会问更多关于那棵树的事。

看着知更鸟给自己的伴儿送去了食物，孩子们都饿了。科林建议说，让仆人把茶点送到那条长着杜鹃花的小路上。热腾腾的茶、黄油烤面包、松脆的小饼干被他们风卷残云般一扫而光。

"我不想让这个下午这么快就结束。"科林说，"我现在看到了春天，我还要看夏天。我要看这里长出来的一切，我自己也要在这里成长。"

轮椅

在玛丽和迪康的帮助下，科林坐着轮椅在花园里畅游了一番。

你能做一个轮椅，推着它出去转转吗？把书翻到第124页，看看怎么做吧。

"你肯定会的,"迪康说,"过不了多久,我们就会让你在这里走来走去,像其他人一样挖泥松土。等你不再害怕了,你自然就能站起来了。"

周围一片寂静,让大家吃惊的是,科林突然用快要喊出来的耳语说:"快看,那个人是谁?"

本·韦瑟斯塔夫正站在梯子上,越过围墙愤怒地瞪着他们。他还朝玛丽挥了挥拳头。

"我从来都不怎么待见你!"他大声地说,"和你完全不相关的事,也要东问西问。"

"把我推过去!"科林说,"就停在他的面前!"

"你知道我是谁吗?"科林问道。

"啊,我怎么会不知道呢,你母亲的那双眼睛不正从你的脸上盯着我看吗?不过,你不是个可怜的小瘸子吗?"韦瑟斯塔夫难以置信地说。

科林忘了自己无力的后背,他的脸涨得绯红,背猛然挺得笔直。

知识园地

声速

孩子们听到本·韦瑟斯塔夫在花园的围墙外大声和他们说话。他的声音是通过空气传播的。

物体发生振动时，便会产生声波，我们就会听到声音。振动越大，声音越大；振动越小，声音越小。声音的传播离不开媒介，如固体、液体或气体。声音不能在真空中传播就是这个道理（真空中没有空气）。

声音在空气（一种气体）中的传播速度大约为340米/秒。声音在水（一种液体）中的传播速度大约是在空气中的4倍，而在固体中的传播速度更快。这是因为分子之间的距离越近，振动传播的速度就越快。此外，声音的传播速度还会受到温度的影响。分子在较高的温度下拥有更多的能量，所以会振动得更快。

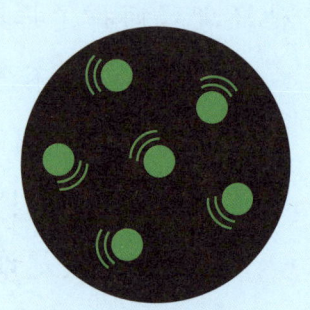

气体中的分子

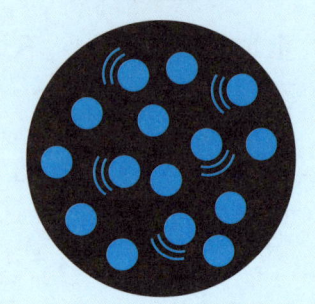

液体中的分子

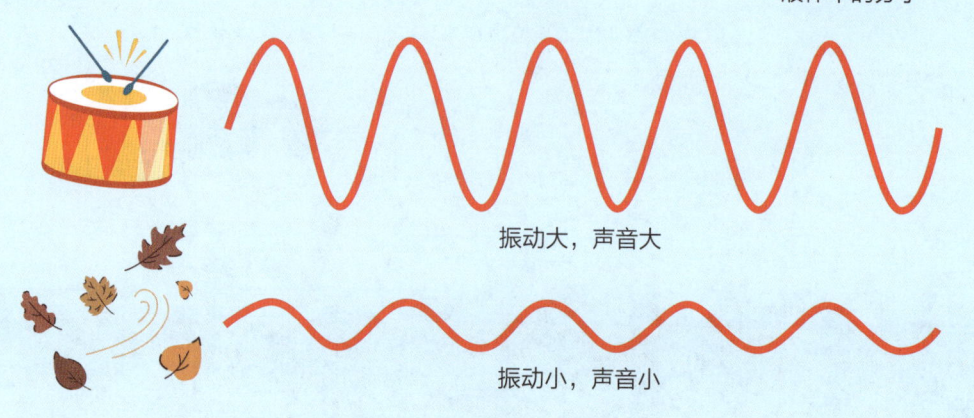

振动大，声音大

振动小，声音小

"我才不是瘸子!"他怒气冲冲地喊道。科林的愤怒和受到侮辱的自尊心使他充满了一种前所未有的力量。

"过来!"他对迪康喊道,同时开始拿掉盖在腿上的毯子。

经过一小阵忙乱,地毯被扔到了地上,在迪康的搀扶下,科林很快就站直了,像箭一样笔直,人看起来也出奇得高。

"看看我!"他朝本·韦瑟斯塔夫使劲地挥动着胳膊,"好好看看我!"

本·韦瑟斯塔夫哽咽得几乎喘不过气来,他双手合握。

"啊!"他突然说,"你会长成男子

汉的，上帝保佑你！"

"父亲不在的时候，我就是这里的主人，"科林说，"你必须听我的吩咐。玛丽小姐会把你带进来。我们本不想让你掺和进来，不过你现在已经知道这个秘密了。动作麻利点儿！"

"我能站住的！"科林在等本·韦瑟斯塔夫进来的时候自豪地对迪康说。

"我和你说过，只要你不再害怕，你就能站起来。"迪康回答道，"你现在已经不再害怕了。"

"你是不是在施展魔法呀？"科林着急地问道。

迪康咧嘴一笑，说："是你自己在施展魔法呢。这和让这些东西从土里长出来的魔法一样。"他用厚重的靴子轻轻碰了碰脚前的番红花。

"本·韦瑟斯塔夫进来的时候，我打算一直站着。如果我想休息一下，我可以靠在这棵树上。"

展现自己最好的一面

迪康说，如果科林不再害怕，他很快就能站起来自由行走。

做一本行走男孩的手翻书吧。把书翻到第126页，看看具体的做法吧。

当本·韦瑟斯塔夫进门时，他听到玛丽在小声嘀咕些什么。"你在念叨什么呢？"他问。

不过，玛丽可没有告诉他。其实，她是在对科林说话："你可以的！我告诉过你，你能做到的！"她想要施展魔法，让他像现在这样一直站着。科林也确实没有退缩。

"看着我！"他命令道，"我是驼背的吗？我是罗圈儿腿的吗？"

"完全没那回事儿，"本·韦瑟斯塔夫说，"那你为什么把自己关起来呀？"

"大家都以为我活不长，"科林回答道，"可我不会轻易死的！现在，这是我的花园了。我每天都要来。我可能会叫你来帮忙，但你必须保守秘密。"

"我以前趁没人的时候来过这儿，"本·韦瑟斯塔夫说，"我是从围墙翻过来的。这两年因为风湿病，爬不过来了。"

"是你来给它们修剪的啊！"迪康大声说。

"她曾经对我说，'如果有一天我不在了，你得来照顾我的玫瑰花。'后来她真的去了，可谁都不能靠近这里。但我还是来了，干了点儿活。是她先下的命令嘛。"

当他们回宅子的时候，克雷文医生已经等了有一会儿了。他说："你可不能累着自己啊。"

"我一点儿也不累，"科林说，"出去让我感觉很好。明天，我上午和下午都要出去。"

"我可拿不准该不该让你出去，"克雷文医生回答道，"我担心这并非明智之举。"

"想要阻止我才不明智呢。"科林严肃地说。

克雷文医生走后,玛丽责备科林太没有礼貌了:"从来没有人敢做你不喜欢的事,因为他们都以为你活不长。你总是想怎样就怎样,所以才变得这么无礼。"

修剪植物

园丁会修剪植物的枝条、叶子和枯萎的部分。他们这样做有几个原因。

修剪植物，可以帮助它们保持形态，控制发展，使其更加美观。剪掉枯萎或生病的树枝能防止疾病蔓延，有利于新芽的生长。

修剪还有助于花和果实的生长。通过修剪减少茎或枝的数量，植物便可以把更多的能量用在开花和结果上。

此外，修剪还可以增加植物周围的空气流动，使阳光能够照射到叶子和果实上。修剪通常在植物开花后进行。

"我不想这么没有礼貌的,"科林说,"如果每天都去花园,我就不会这么粗鲁了。那里有魔法,还是好的魔法。"

第二天早晨,科林把本·韦瑟斯塔夫叫到了花园,说道:"我希望你和迪康,还有玛丽围坐在一起,听我说话,因为我要告诉你们一件非常重要的事情。我长大以后,要做出很多伟大的发明,就从现在这个实验开始。"

"魔法是一种巨大的力量,但很少有人知道它。我相信迪康懂一些魔法,不管是人,还是动物,他都可以吸引过来。我相信万事万物都有魔法,只是我们没有掌握它,没有让它为我们所用罢了。"

"自打来了花园,我就有了一种奇怪的快感,好像我的胸膛里有什么东西在鼓动,让我呼吸加快。魔法让我站了起来,给予了我希望。我要努力找到更多的魔法,让它推动我,鼓励我,让我变得更加健壮。每天我都要告诉自己,'魔法就在我的心中!魔法正使我健壮起来!'你们也要这样做。这就是我的实验。你们愿意帮忙吗?"

"学习的过程就是一遍又一遍地重复,反复地思考,直到它们永远留在你的脑海中。如果你不停地召唤魔法,魔法就会成为你的一部分,并且为你所用。我们必须心无杂念,只想着'魔法'!"

047

动手做一做

制作轮椅

科林初到花园时,是迪康帮他推的轮椅。你也做一把轮椅,推着它出去转转吧!

准备材料
- 硬纸板
- 剪刀
- 洋娃娃
- 尺子
- 两根木扦子
- 纸质吸管
- 胶水

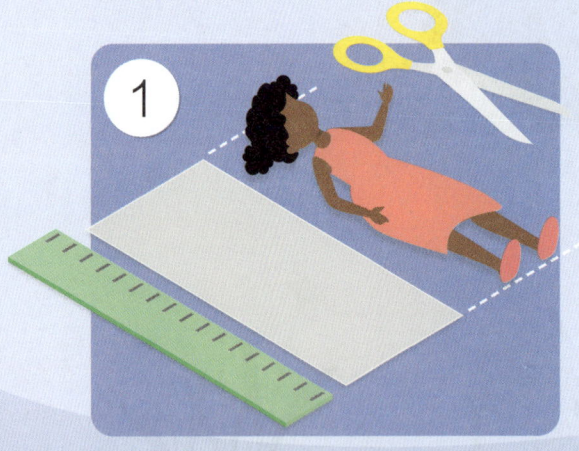

1 剪一块长方形硬纸板,和洋娃娃一样长,但比洋娃娃宽一点。

2 把洋娃娃摆成舒适的坐姿。将硬纸板分别在对应洋娃娃腰部和膝盖的位置进行折叠。放脚的地方也要折一下。

3 剪4个直径约7厘米的圆形卡片。请大人帮你在圆形卡片的中央穿一个小孔。然后,把两个圆形卡片粘在一起,做成两个坚固的轮子。

工程

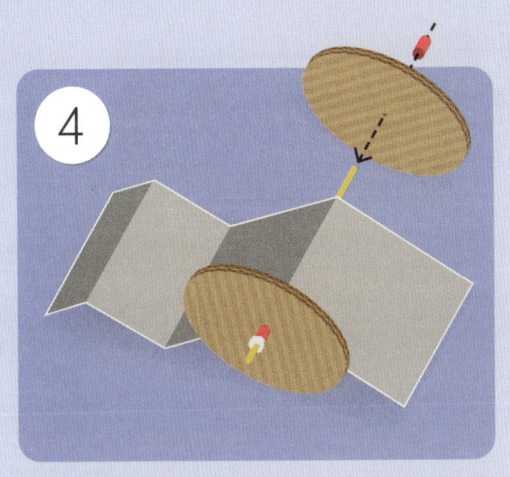

4 在座椅的前面粘一根木扦子，剪成合适的长度，当作车轴。把轮子穿进去，两端各粘上一小段吸管进行固定。

5 再做一对较小的轮子，直径约4厘米。如图所示，将车轴粘到放脚的地方。

6 现在你就可以推着轮椅去你想去的任何地方了！

原理

轮椅由后面的大轮子和前面的小轮子组成。大轮子通常有一个金属圈，使用者可以手动转动轮子或刹车。因为轮子较大，所以转动所需的力量较小。前面的小轮子是"脚轮"（像购物车的轮子一样）。它们很小，转动方便，同时也足以应付凹凸不平的地面。

049

动手做一做

制作手翻书

玛丽和迪康决心帮助科林学走路。你也可以做个简单的手翻书，让科林走起来。

准备材料
- 一打便笺
- 黑色签字笔
- 铅笔

1 将便笺有胶的一面放在左边。在最后一页的右侧用铅笔画一个小人，后面的图画都要以此为模板。

2 画好以后，用黑色签字笔描一遍。在两只脚的下面画一条直线，后面的图画都以这条线为基准。

3 翻到前一页，用黑色签字笔按照后一页的直线描一遍。如图所示，再画出小人走路的下一个动作。

艺术

④ 画好以后，像之前一样用黑色签字笔描边。

⑤ 如图所示，重复以上3个步骤。

原理

手翻书是一种简单的动画，也被称为"翻书动画"。手翻书由多张图画组成，分别记录了某个动作的不同阶段，每一页都有一定的变化。书页快速翻动时，会给人动起来的感觉。电影采用的也是类似的方法，一系列静止的图像经过快速连续的放映，在观众看来就是动态的。

⑥ 翻一下这打便笺，看看有什么效果？如果你想让小人走得更远一些，可以重复前面的步骤。

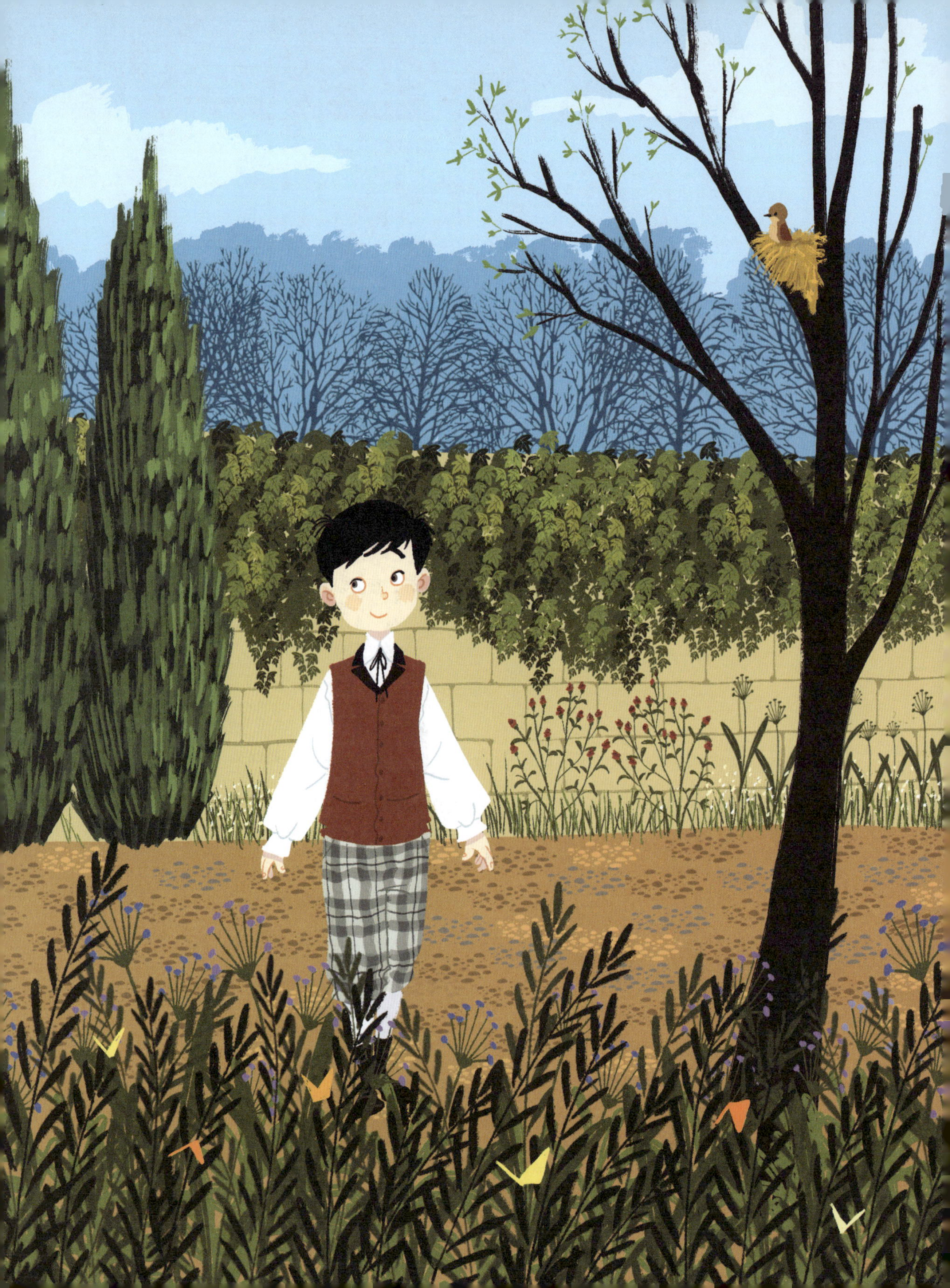

第九章 画 像

当他们围成一圈坐下来的时候,一切看起来都很威严,很神秘。迪康抱着小兔子,乌鸦、狐狸、松鼠和小羊羔慢慢地走近。"小动物们都来了,"科林严肃地说,"它们也想帮咱们呢。"

玛丽心想,科林看起来真精神。他昂首挺胸,光线透过树冠照射下来,赋予了他的眼睛奇妙的神采。"现在我们要开始了,"他说,"由我来唱赞美诗吧。"

"太阳普照大地,太阳普照大地,全靠魔法保佑。花在生长,根在萌发,全靠魔法保佑。魔法给人生命,魔法使人强壮。魔法就在我的心中,也在每个人的心中。魔法!快来帮助我们

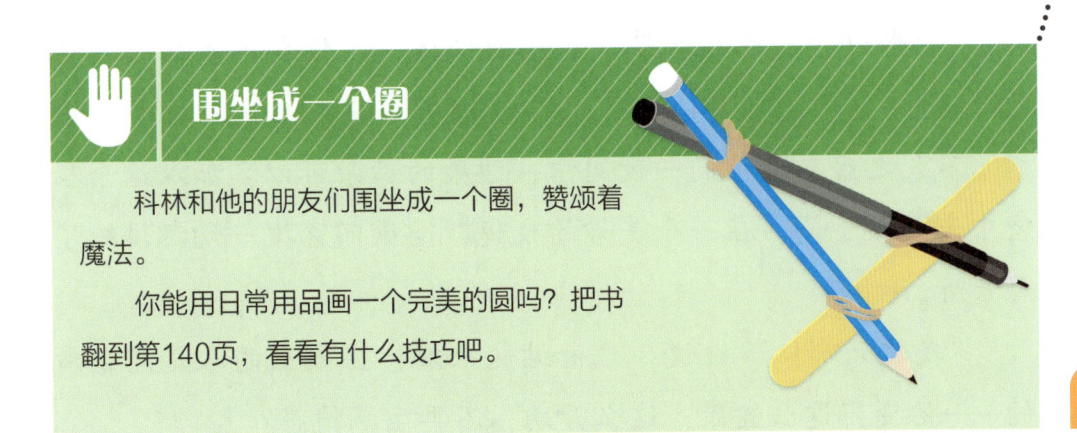

围坐成一个圈

科林和他的朋友们围坐成一个圈,赞颂着魔法。

你能用日常用品画一个完美的圆吗?把书翻到第140页,看看有什么技巧吧。

吧！"蜜蜂的嗡嗡声和吟唱的声音交织在一起，他又重复唱了很多遍。

"现在，我要在花园里走一走。"他宣布。他们站成一排，庄严地慢慢移动。科林扶着迪康的手臂，昂首挺胸。"魔法就在我的心中！"他不断地说，"魔法正使我健壮起来！"

好像有什么东西在支撑着他，鼓舞着他，这一点是可以肯定的。他偶尔会坐下来歇一会儿，但不会真的停下来，直到走遍整个花园。当他回到李子树下时，他双颊绯红，脸上洋溢着胜利的表情。"我做到啦！魔法起作用啦！"他喊道，"这是我的第一个科学发现。"

"克雷文医生会说什么呢？"玛丽问。

"他什么都不会说，"科林回答，"因为没有人会告诉他。这将是所有秘密中最大的一个。在我能像其他男孩一样行走和奔跑之前，没有人会知道这件事。我每天都会坐着轮椅来这里，再坐着轮椅回去。等父亲回到米塞斯维特庄园时，我会走进他的书房说：'看看我，我和其他男孩没什么不一样。我会长成一个男子汉。'"

"他会以为自己在做梦，"玛丽喊道，"他会不敢相信自己的眼睛！"

不久之后，孩子们一致同意，迪康的母亲可以"加入这个秘密中来"。于是，在一个美妙的夜晚，迪康回家把一切都讲给了母亲听。

"我的天哪！"她说，"他站起来啦！庄园里的人是怎么看的——他变得这么健康，这么开朗，不再生病抱怨？"

055

"他们还不知道这些事呢。"迪康回答,"不过,他时不时还得发点小脾气,好让别人不起疑。医生本来要给克雷文老爷写信,说科林的身体有所好转。不过,科林少爷说,如果他的病情再次恶化,那只会让父亲失望。科林要亲自把这个秘密告诉他的父亲。"

"不过,我们不知道除了让仆人送餐过来,还能有什么方法找到足够的吃的。如果科林少爷不停地让人送吃的来,他们就不会相信他是个病人了。"

"让我来告诉你吧,孩子。"索尔比夫人说,"你早上去找他们的时候,带上一桶上好的新鲜牛奶,我会给你们烤一个松软的农家面包或是烤一些葡萄干面包。这样,你们在花园里的时候就不会饿了。"

"哦,妈妈!"迪康说,"你太了不起啦!你总能想到好办法!"

那天早晨,迪康从一大片玫瑰花丛后面拿出两个铁皮桶,一个桶装满了浓郁的牛奶,上面还有奶油,另一个桶装满了热乎乎的葡萄干面包。孩子们发出了惊喜的欢呼声。索尔比夫人是一个多么善良、聪明的人啊!

"她的心中也有魔法,就像迪康一样。"科林说,"是魔法让她做了这样的大好事。她是一个懂魔法的人。迪康,请告诉她,我们很感激她,非常非常感激她。"

这给很多事开了个好头。他们知道索尔比夫人一大家子有十四个人,所以请她接受他们的一些钱,来帮他们买食物。迪康还在树林里发现了一块空地,他在那里用石头垒了一个炉子,可以

知识园地

酵母

酵母是一种微生物，可以使面包变得蓬松。当面粉、水和酵母混合在一起时，酵母会与面粉中的淀粉和糖发生反应，释放出二氧化碳。

揉面时，面团中会出现气泡。酵母产生的二氧化碳会进入这些气泡中，使面团膨胀。

酵母利用从糖中获取的能量不断繁殖，使面团进一步膨胀。大多数面包食谱会建议，在烘烤前让面团发酵一会儿。

面包经过烘烤会变蓬松。相比之下，无酵面包是一种不使用酵母的扁平面包。

面团发酵前

面团发酵后

气孔

057

用来烤土豆和鸡蛋。

每天早晨，这个神秘的小团体会围坐在李子树下。吟唱仪式结束后，科林总会锻炼身体。他现在越来越强壮，走路越来越稳了，他对魔法的信念也越来越强了。

迪康从荒野上的一个人那里学到了一些锻炼肌肉的方法，他给科林示范了一遍。这些练习很快就成了科林日常锻炼的一部分。值得庆幸的是，索尔比夫人每天为他们准备的那篮子食物满足了他们不断增长的胃口。不过，克雷文医生和护士却一头雾水。

"他们几乎什么都没吃，"护士说，"但他们的脸色怎么还那么好呢？"克雷文医生也很疑惑，他仔细地打量了科林很久。"听说你几乎什么都不吃，我很难过，"他说，"那是不行

知识园地

运动中的肌肉

骨骼肌有助于身体的移动。比如，弯曲和伸直胳膊和腿，弯曲手指进行抓握，都会用到骨骼肌。

骨骼肌只能向一个方向拉伸，所以它们是成对出现的。一块肌肉通过收缩来移动骨骼，另一块肌肉再将其复位。一块肌肉收缩时，另一块会放松，反之亦然。

骨骼肌被称为"随意肌"，因为大脑会告诉它们何时运动。举两个成对肌肉的例子：肱二头肌和肱三头肌（手臂上）、腘绳肌和股四头肌（腿上）。

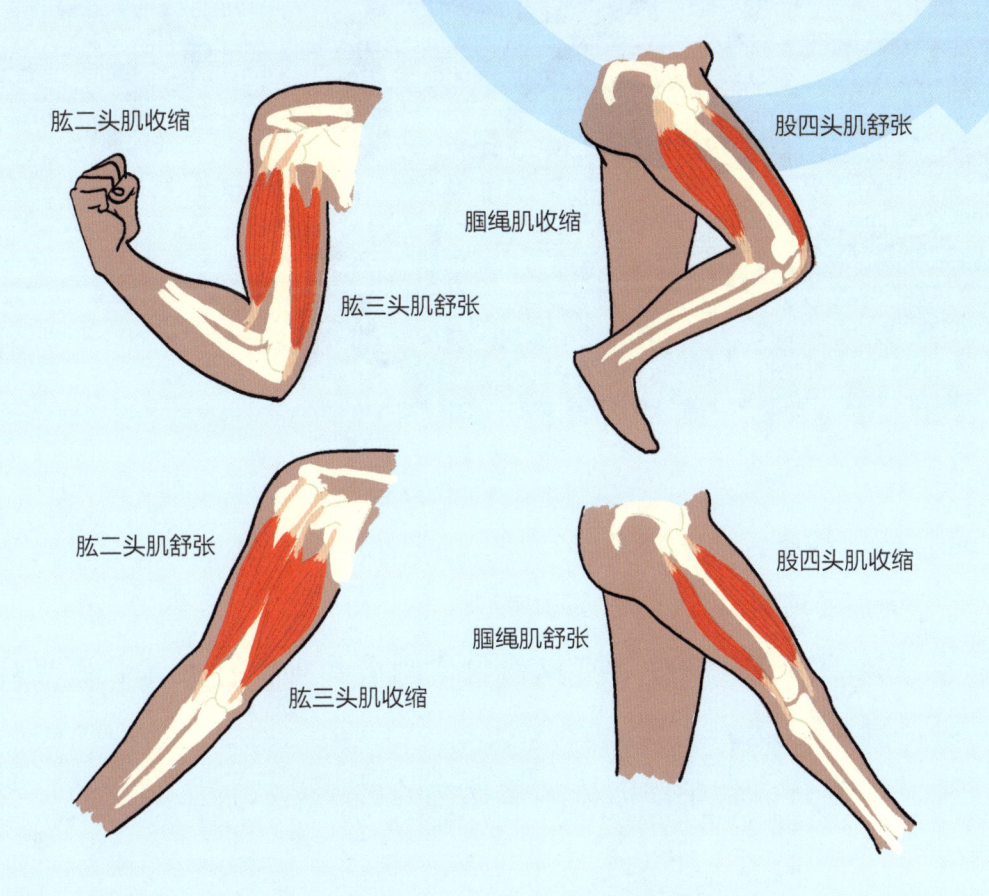

肱二头肌收缩
肱三头肌舒张

股四头肌舒张
腘绳肌收缩

肱二头肌舒张
肱三头肌收缩

股四头肌收缩
腘绳肌舒张

的,一切都会付之东流的。"

玛丽尽可能不让自己笑出声来。

"孩子们有什么办法可以偷偷拿到食物吗?"克雷文医生后来问梅德洛克夫人。

"没有啊,除非他们从土里挖吃的,或是从树上摘吃的。"

梅德洛克夫人回答道,"他们整天都在园子里,除了彼此,谁也见不到。"

"好吧,只要身体没有出现不适,我们就不用太担心。"

秘密花园的花竞相开放,每天早晨都有新的奇迹出现。知更鸟的伴儿正在巢里孵蛋。知更鸟呢,一直在观察花园里的情况。起初,它对那个坐着轮椅来的男孩很警惕,他走路的方式很奇怪,中间还需要休息。后来,知更鸟想起了自己学习飞行的时候也是这样飞一小段休息一下的,也许这个男孩正在学习飞行,或者说是正在学习走路。

即使碰到下雨的日子,玛丽和科林也从不觉得无聊。一天早上,雨不停地下着,玛丽萌生了一个想法:"科林,你知道这座宅子里有多少个房间吗?"

"我想,大约有一千个吧。"科林回答说。

"差不多有一百间屋子,从来没有人进去过。咱们去看看怎么样?我可以帮你推轮椅,没有人敢跟着咱们。你可以在画廊上跑一跑,锻炼锻炼肌肉。那儿有各种各样的房间。"

成对的肌肉

迪康帮助科林做一些日常锻炼来加强肌肉的力量。

你能不能做一个模型,看看肌肉是如何工作的?把书翻到第142页,看看怎么做吧。

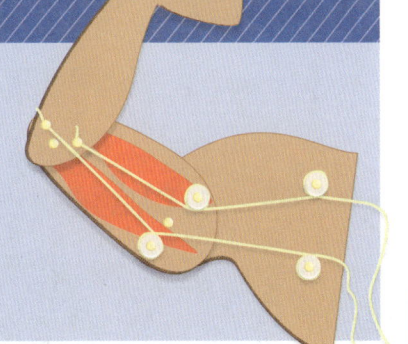

"摇铃叫人来吧。"科林说。

护士进来的时候,科林说:"把我的轮椅推过来。玛丽小姐和我要去看看宅子里那些没人住的房间。约翰可以把我推到画廊跟前,因为那里有几个台阶。之后,他就可以退下了。我们要单独待在那里,需要的时候,我会再叫他过来。"

当他们到达画廊时,科林和玛丽四目相对,高兴极了。"我要从画廊的一头跑到另一头。"科林说,"然后,我会蹦一会儿,再做其他锻炼。"

这些他们都做完了，甚至还做了别的游戏。他们发现了数不清的肖像画，其中有一个身穿绿缎子衣服、长相平平的小女孩，她的手指上站着一只鹦鹉。

"这些人肯定都是我的亲戚。"科林说，"那个拿着鹦鹉的姑娘应该是我的一个曾曾曾姑奶奶。她看起来长得和你很像呢，玛丽，不是现在的你，是我们刚见面时候的你。现在，你可漂亮多了。"

他们发现了新的走廊、拐角和楼梯。这是一个充满惊奇、令人愉快的早晨。与这些人同在一幢宅子里，但同时又觉得他们与自己相距甚远，这种感觉真的很奇妙。

"我从来不知道自己住的这个宅子这么大，这么古老。以后碰到下雨天，咱们就到处逛逛吧！"

那天下午，玛丽注意到壁炉上方的窗帘拉开了。"我知道你想说些什么，"科林说，"我把窗帘拉开了，因为看到她的笑脸，我不再生气了。现在，我想看到她一直这样微笑着。我想她一定也是个懂魔法的人。"

"你现在太像她了。"玛丽说，"我有时候会想，也许你是她的灵魂变的。"

"如果我是她的灵魂，父亲就会喜欢我了。"他说，"如果他喜欢我，我想我应该告诉他关于魔法的事，他可能也会因此变得开心起来。"

动手做一做

制作圆规

孩子们围坐成一圈,帮助科林完成实验。自己动手做一个圆规,画一个完美的圆吧。

准备材料

- 一张A4纸
- 尺子
- 削尖的铅笔
- 橡皮筋
- 雪糕棒
- 钢笔

1 想清楚你想画一个多大的圆。先画出圆的半径(半径等于圆的一边经过圆心到达另一边的距离的一半)。

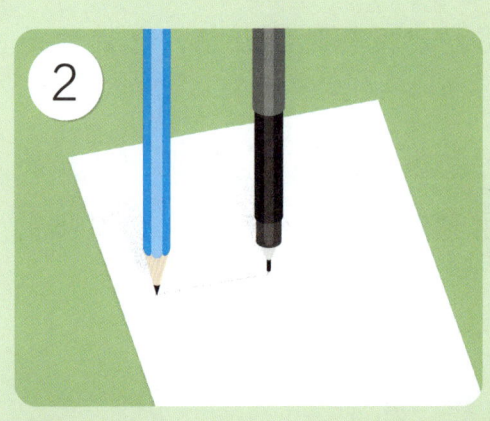

2 将铅笔尖放在半径的一端,钢笔尖放在半径的另一端。

3 保持铅笔尖和钢笔尖的位置不动。如图所示,将钢笔和铅笔交叉,用两根橡皮筋固定。

数学

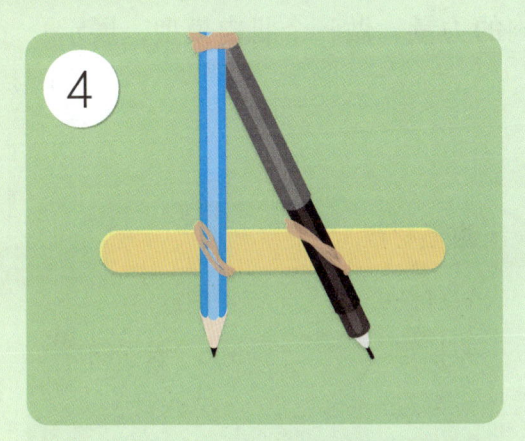

4

将雪糕棒横放在铅笔和钢笔之间,用橡皮筋固定。

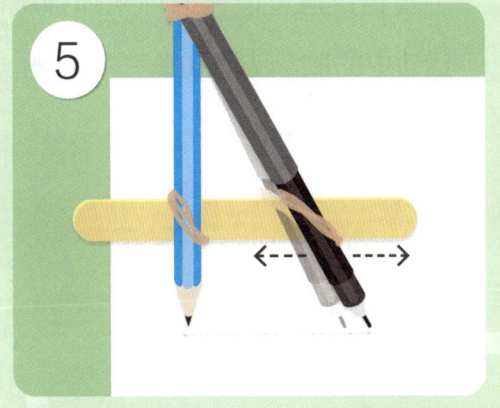

5

你可以沿着雪糕棒移动橡皮筋,从而调整圆规的开口大小,以最初画好的半径为准。

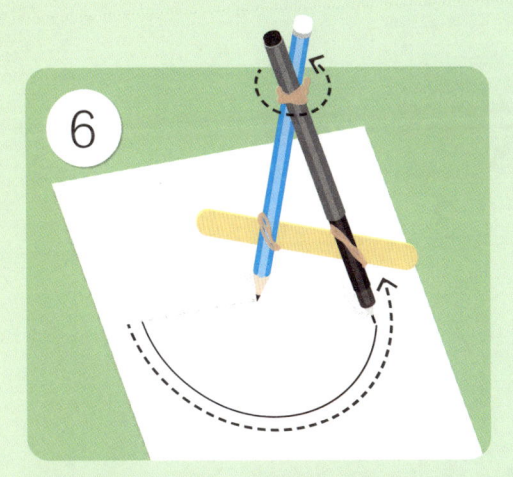

6

现在,你可以画一个完美的圆了。接下来,改变半径的大小,画一个更大或更小的圆。你可能会发现,将圆规固定好,通过旋转纸张来画圆会更容易。

原理

圆规可以用来画圆或弧(圆的一部分)。削尖的铅笔有助于固定圆规的位置。圆是由一系列的点连接而成的,所有的点与圆心的距离都是一样的。这些点构成了圆周。从圆心到圆周的距离被称为"半径"。从圆周上某点出发穿过圆心到达圆周另一端的线段被称为"直径"。

动手做一做

制作肌肉模型

科林正通过适量锻炼来加强肌肉的力量。做一个肌肉模型，展示一下运动中的肱二头肌和肱三头肌吧。

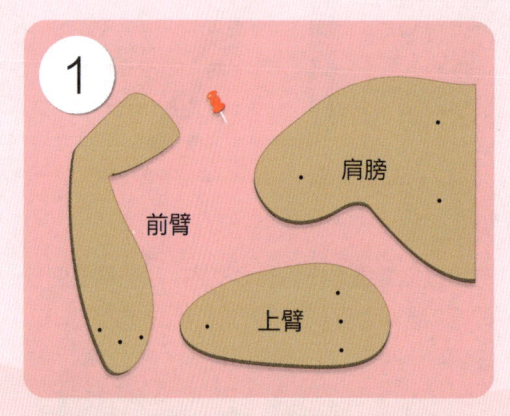

1

前臂　肩膀　上臂

准备材料
- 硬纸板
- 铅笔
- 剪刀
- 一张红纸
- 胶水
- 图钉
- 8个长长的大头钉
- 4个塑料线轴
- 绳子

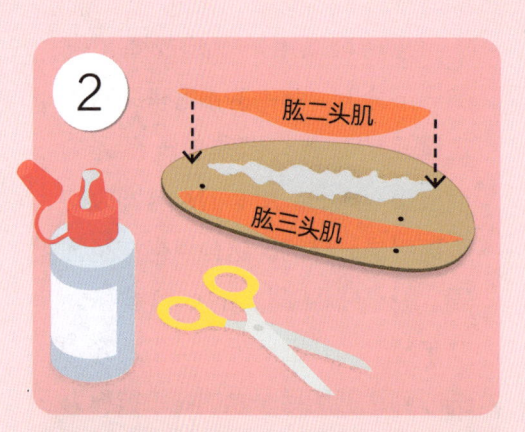

在硬纸板上照着上图画出手臂的3个不同部分，并剪下来。如图所示，用图钉扎出孔的位置。

2

肱二头肌
肱三头肌

在红纸上画出两块肌肉，并剪下来。如图所示，将其粘在椭圆形的上臂上。

3

用4个长长的大头钉固定4个塑料线轴。

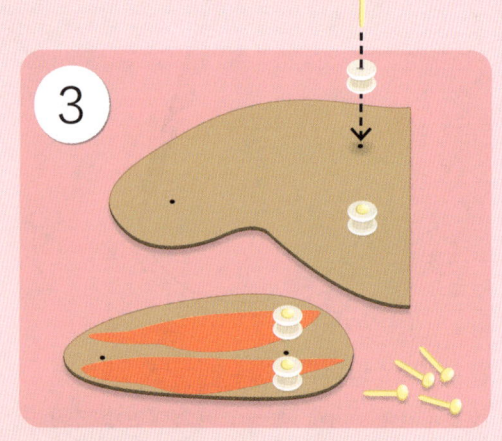

科学

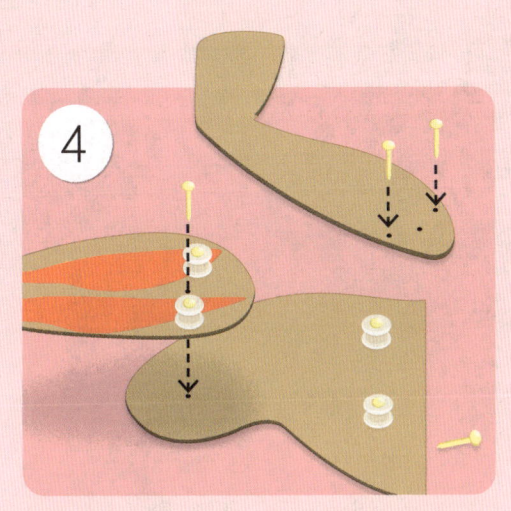

4 如图所示，用一个大头钉将肩膀与上臂连接起来，并在前臂上放两个大头钉。

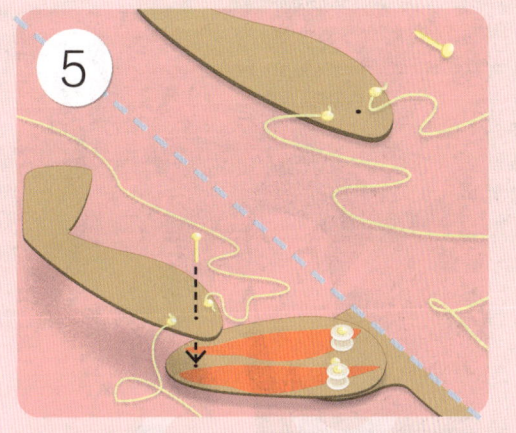

5 剪下两段约45厘米长的绳子。如图所示，在两端各系一个圈，套在前臂的大头钉上。然后，用最后一个大头钉将前臂固定在上臂上。

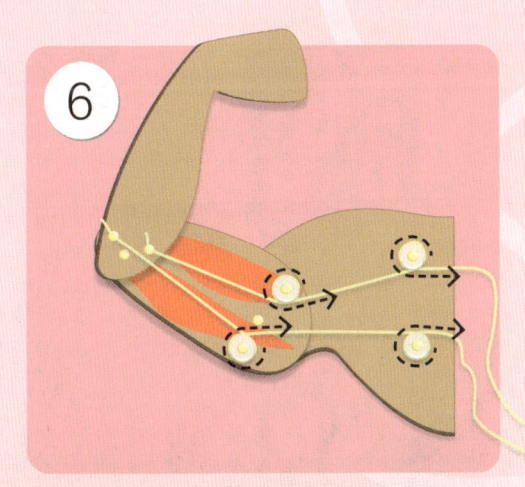

6 将绳子绕过线轴，两根线绕的方向是相反的。按住肩膀的顶部，拉动上面的绳子使手臂向上移动，拉动下面的绳子使手臂向下移动。

原理

肱二头肌和肱三头肌相互配合，可以完成弯曲肘部的动作。当你拉动上面那根绳子抬起手臂时，肱二头肌收缩（缩短），肱三头肌舒张（拉长）。当你拉下面那根绳子放下手臂时，肱三头肌收缩，肱二头肌舒张。

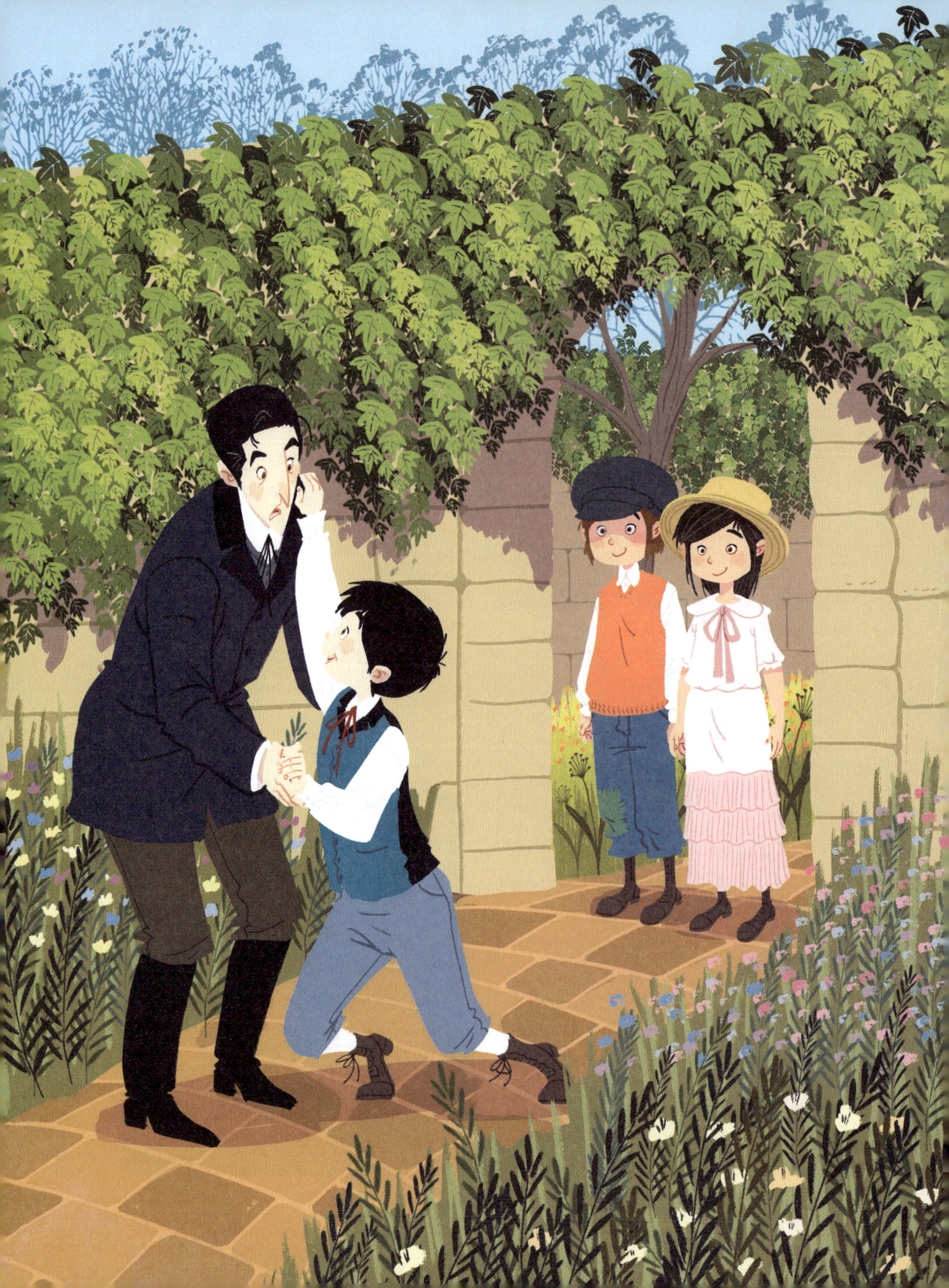

第十章 揭　　秘

孩子们对魔法的信念坚定不移。每天早晨，当他们围坐一圈，赞颂魔法时，本·韦瑟斯塔夫都会发现科林的腿更直、更有力了，而科林的眼睛也开始绽放出一种熟悉的神采。

一天早晨，科林说："在你干活的时候，魔法的效果最好了。你可以从骨骼和肌肉中感受出来。我的身体好了！我会永无休止地施展魔法。"

他们一起干活，一起欢笑，一起聊天，科林从来没有这么开心过。突然，有什么声音吸引了他的注意力，他一脸惊愕。"是谁进来啦？"他紧张地说。

门被轻轻地推开了，一个女人走了进来。她有一双充满深情的漂亮眼睛，似乎能把一切收入眼中。没有人觉得她是不速之客。

"是妈妈！"迪康喊道。他向她跑去，玛丽和科林也跟了上去："我知道你们很想见她，所以我告诉了她你们藏在哪里。"

"即使我生病那会儿，也盼望能见到你。"科林说，"我希望能见到你、迪康，还有秘密花园。以前，我根本不想见任何人或任何东西。"

索尔比夫人的脸上像染了一抹红晕，她的眼睛湿润了，似乎蒙上了一层薄雾。

"哦！亲爱的孩子！"她感慨道。

"我的身体变得这么好，你是不是很惊讶啊？"他问。

她把手放在科林的肩膀上。"是的，的确如此！"她说，"看到你和你的母亲长得这么像，我的心跳都加快了。"

随后，她把两只手按在玛丽的肩膀上。"还有你！"她说，"我敢肯定，你也很像你的母亲。梅德洛克夫人说她很漂亮。你长大以后，会出落成红玫瑰般漂亮的大姑娘。老天保佑你。"

他们带着索尔比夫人在花园里转了一圈，请她看活过来的每一处灌木丛和每一棵树。科林走在她的一边，玛丽走在她的另一边。

"你相信魔法吗？"科林问道。

"我相信，孩子。"她回答。

"我突然之间觉得自己和以前不一样了，我的胳膊和腿都有劲儿了，我能挖土，能站立。我总是想跳起来大声呼喊。"他说。

迪康把索尔比夫人准备的一篮子食物从藏着的地方拿出来，她看着他们坐在树下大口吃着东西，有说有笑。索尔比夫人是个很有趣的人，她给他们讲了很多好玩的事。她用浓重的约克郡语给他们讲故事，还教他们新词儿。

他们还说要去她的小屋做客，他们要在野外吃午饭，看看索尔比家的孩子们，不到筋疲力尽绝不回家。

很快就到了科林该被推回宅子的时间。他坐上轮椅之前，站在索尔比夫人的身边，紧紧地握住她的围裙。"你正是我需要的人呀，"他说，"我希望你就是我的妈妈——当然，也是迪康的

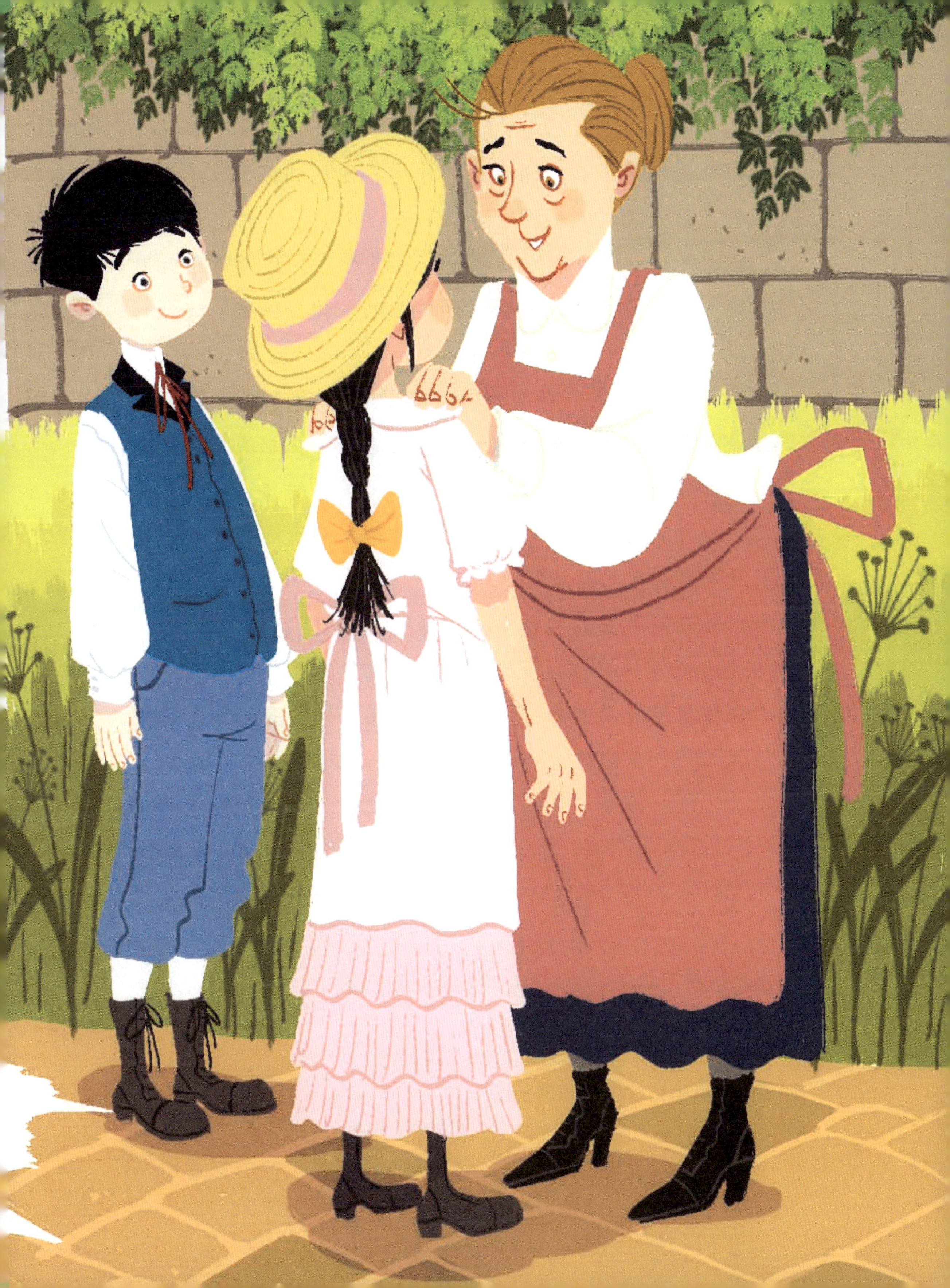

妈妈！"

索尔比夫人弯下腰，用温暖的手臂将他揽到怀里，就好像他是迪康的兄弟一样。泪水再次迷蒙了她的双眼。

"哦！亲爱的孩子啊！"她说，"我相信，你的母亲此时此刻就在这个花园里。她是不会离开这儿的。你父亲也会回到你的身边，他一定会的！"

思考可以像阳光一样对人有益，也可以像毒药一样对人有害，这是毫无疑问的。如果你让悲伤的想法留在脑海中，就像让病菌进入身体一样。玛丽曾经是一个体弱多病的孩子，但当她的脑海中充满知更鸟和春天的气息时，她就不再有那些让她难过、让她疲惫的不愉快的想法了。

当科林只想着自己的恐惧和软弱时，他就只能是个病人。当美好的想法把糟糕的思绪挤出脑际时，生命就回到了他的身上。他的血液健康地流动，力量像洪水一样涌入他的身体。有人曾经说："孩子啊，在你精心培育玫瑰的地方，蓟草便难以容身。"

正面思考

自从科林进了花园，他的心态就发生了变化。他对自己能做的事更有信心了，对自己的未来也更乐观了。正面思考有助于改变他的情绪。

你能不能做一朵代表正能量、催人奋进的纸玫瑰？把书翻到第156页，看看怎么做吧。

073

知识园地

人脑的结构

人脑控制着身体的运动方式，还控制着思维、感觉和记忆。

人脑主要由3个部分组成，即大脑、小脑和脑干。大脑是其中最大的一部分，控制运动、记忆、思考和感觉。

小脑起着平衡和协调的作用。脑干连接脑和脊髓，控制呼吸、心跳和消化等身体功能。

边缘系统存在于大脑内，它控制着我们的行为和情绪反应。

研究表明，负面思考会影响脑的推理和理性思考能力，正面思考可以解放脑，使其充分发挥潜力。

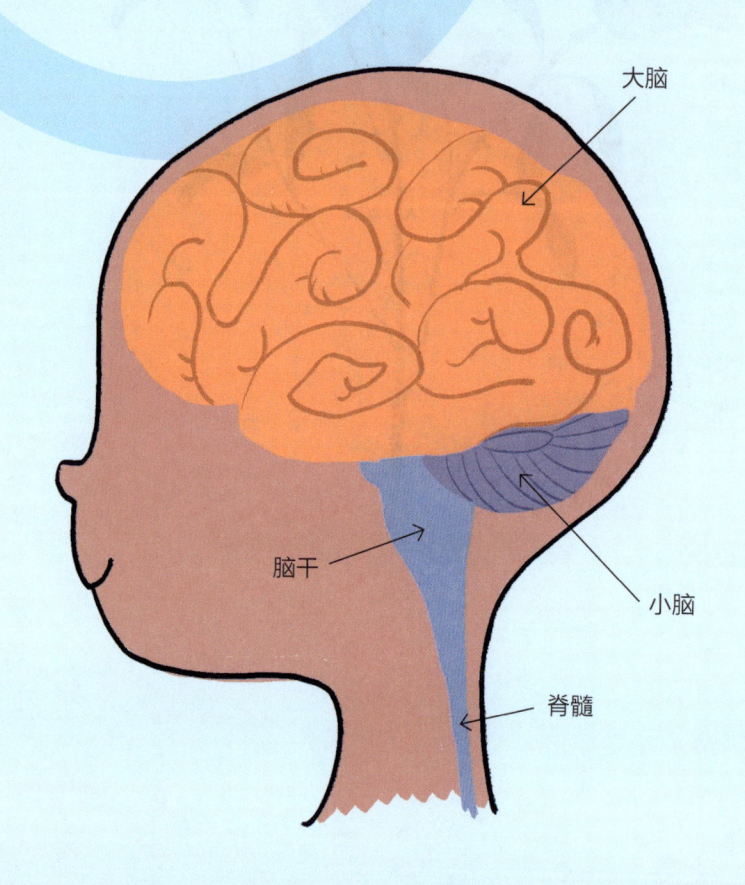

秘密花园逐渐苏醒的时候，克雷文先生正在欧洲的高山和幽谷徘徊。十年来，他的心一直被悲观的想法所占据，他把家庭和责任抛却脑后。直到有一天，发生了一件奇怪的事。

当时，他正在奥地利的一个山谷散步，走累了，便在一条美丽的小溪边休息。他坐在那里，凝视着清澈的溪水，慢慢地感到内心十分平静。他注意到了周围迷人的景色，内心被美所填满。不知道坐了多久，他终于站了起来，深深地吸了一口气，他的心里似乎有什么东西得到了释放——几个月后，他已经回到了米塞斯维特庄园，但仍然记得这个神奇的时刻，他偶然发现，就在同一天，科林进了秘密花园，并大声喊道"我会永远活下去"。

虽然克雷文先生的悲观情绪时不时还会回来，但他似乎已经不再受黑暗的笼罩。一天晚上，他梦见一个声音在呼唤他："阿奇！阿奇！"

"利利娅斯！你在哪儿？"

"在花园里啊！"她的声音就像从金笛里吹奏出来的一样。

梦到这里就结束了，但他并没有醒来。克雷文先生一觉睡到天亮，直到仆人拿着信件把他叫醒。那是一封来自约克郡的信，上面写着……

先生，您好！如果我是您的话，我就会回家。我想您回来后一定会很高兴。先生，请原谅我这么说，我想如果您夫人还在的话，她也会让您回来的。

您忠实的仆人
苏珊·索尔比

几天后，克雷文先生回到了约克郡，穿越荒原时，他有一种

奇怪的归属感。"在花园里啊！"他心想，"我一定想办法把钥匙找到。"

"科林少爷还好吗？"他一到家便问梅德洛克夫人。

"哦，老爷，"她回答道，"他现在不一样了，喜欢去外面玩。这些天他笑得很开心。他在花园里呢，老爷。"

"在花园里？"他重复说着，突然间恍惚了。他觉得自己被吸引到了花园，他不明白为什么会这样。

当走到长满常春藤的围墙时，他听到花园里传来窸窸窣窣的脚步声和低声说话的声音。这是幻觉吗？

紧接着，那一刻到来了。脚步声越来越快，门被推开了，一个男孩全速冲了出来，差点儿和他撞个满怀。克雷文先生及时伸开手臂，那个孩子才没有摔倒。他惊奇地看着这个男孩，倒吸了一口气。

他是一个高大英俊的男孩，浑身散发着活力，眼睛里满是孩童的笑意。让克雷文先生倒吸一口气的正是这双眼睛。

继续前进

当科林和玛丽赛跑时，科林飞快地穿过花园的门，因为动量的原因，他很难把速度降下来。

试着用一个简单的实验来测试一下弹珠的动量吧。把书翻到第158页，研究一下具体的方法吧。

动量

当科林飞快地冲出秘密花园的门时，他很难停下来。他试图放慢速度，但因为动量的原因，他还是往前跑了一段。

动量可以被描述为"运动中的质量"。某个物体所具有的动量取决于它的质量和运动速度。

动量的计算公式是：动量=质量×速度。

如果对一个运动的物体施加相反的作用力，它就会减速或停止。刹车可以减慢车辆的行驶速度。车开得越快，使其减速所需的制动力就越大。科林想要赢得比赛，所以他以最快的速度前进。当他穿过门时，因为父亲手臂的阻挡，他的速度才降了下来。

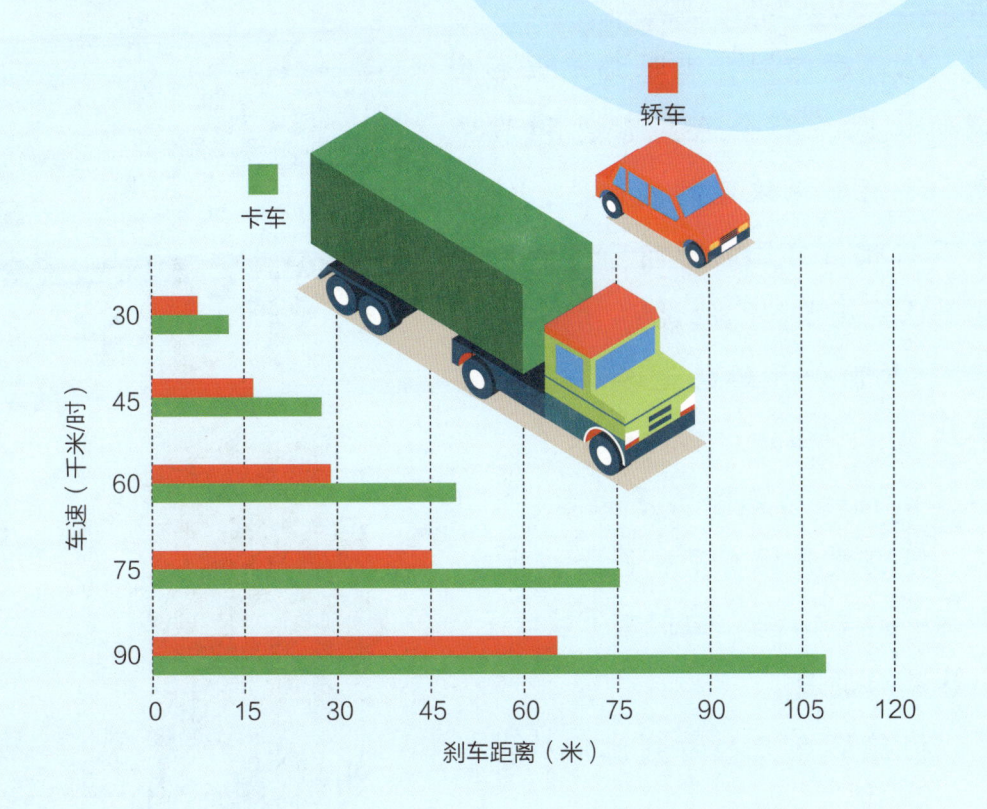

科林的计划可不是这样的。不过，像这样冲出来也许更好。"爸爸，"他说，"我是科林！你可能不大相信，我自己也几乎不敢相信。不过，我就是科林。"

"在花园里！在花园里！"克雷文先生急切地说。

"没错，"科林继续说道，"是花园让我变成了现在的样子，还有玛丽和迪康，还有魔法。我们一直保守秘密，想等你回来的时候再告诉你。我的身体已经好了，我会永远活下去！"

克雷文先生的心因为这难以置信的喜悦而快速跳动着，他把双手放在男孩的肩膀上，紧紧不放。他一时之间激动得无法开口。

等他终于平复心情时，他说："孩子，带我进花园去，把一切都告诉我吧。"

他环顾四周，满眼都是五彩斑斓的秋色，有金色、紫色和蓝紫色，还有攀缘玫瑰的火红色，他几乎不敢相信自己的眼睛。"我以为它早已荒废了。"他说。

"玛丽一开始也是这么想的。"科林说，"但是，它活过来了。"之后，他把一切都告诉了父亲。"现在，不需要再保密了。爸爸，我要和你一起走回去。咱们回家去。"科林最后说道。

梅德洛克夫人看到他们从草坪

上走来,她举起双手,发出了一小声尖叫,所有听到的男仆和女仆都跑过仆人大厅,站在窗前睁大了眼睛。

米塞斯韦特庄园的主人正迎面走来,他和以前大不一样了。走在他身边的是一个满眼笑意的男孩,与其他男孩一样强壮稳健。那不是别人,正是科林少爷。

(完)

动手做一做

制作纸玫瑰

自从科林去了秘密花园，他的心态就变得越来越积极向上了。做一朵代表正能量的纸玫瑰，照亮你的一天吧。

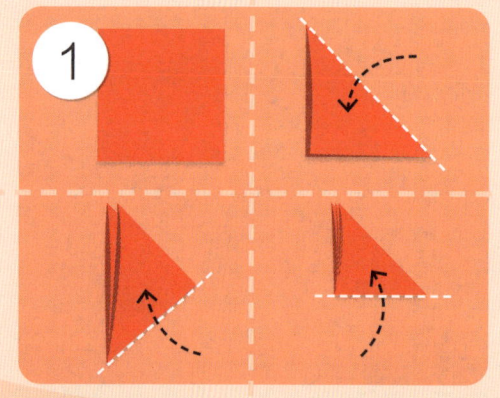

准备材料
- 4张10厘米见方的红纸
- 铅笔
- 剪刀
- 直径约2.5厘米的硬币
- 胶水
- 绿色的毛根扭扭棒

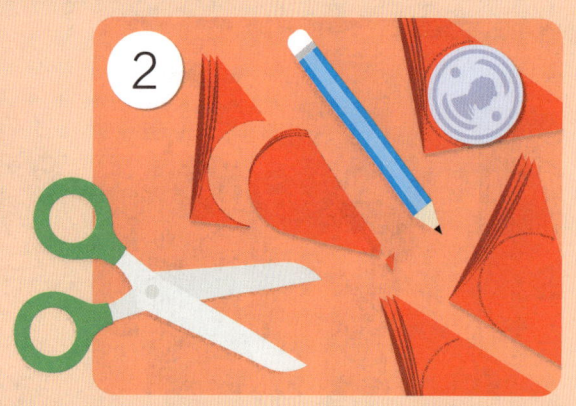

1. 将一张红纸沿对角线对折，然后再对折两次，这时纸张会变成一个小三角形。用同样的方法折叠其他3张红纸。

2. 把硬币放在三角形上，沿边缘画出曲线，然后沿着曲线剪掉两个角。把三角形剩余一角的尖端剪掉。用同样的做法处理其他3张纸。

3. 打开红纸，会出现4朵小花。如图所示，在第一朵花上，剪下一个花瓣。在第二朵花上，剪下两个花瓣，以此类推。

艺术

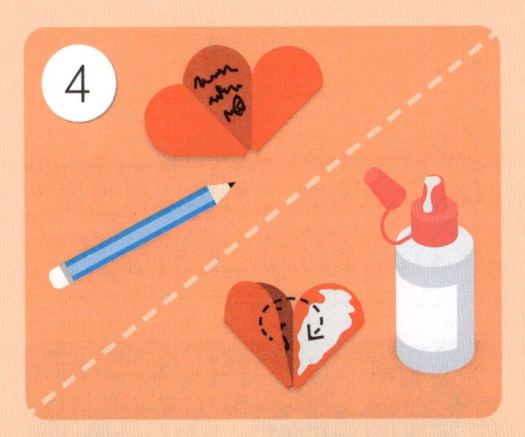

4

取那朵有3个花瓣的纸,在其中间一瓣上,写下自己的正面想法,然后在旁边两瓣的外面涂上胶水,将其粘在一起。粘好后,将其撑开,形成一个圆锥形。取拥有更多花瓣的纸,重复上述做法——在中间那瓣上写上正面想法,从外面粘在一起。

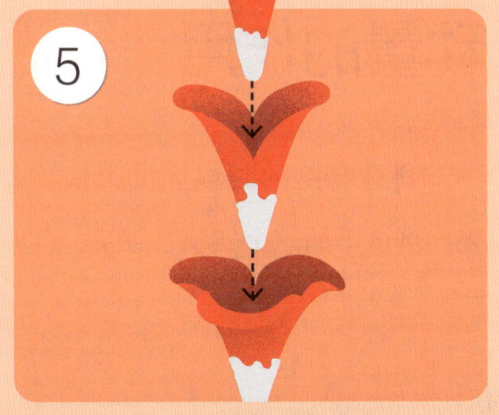

5

如图所示,用铅笔在每个花瓣的顶端轻轻地卷一下。将只有1个花瓣的那张纸紧紧地卷起来,在底端涂上胶水,插入拥有两个花瓣的纸中。再把它的底端涂上胶水,插入拥有3个花瓣的纸中。以此类推,把每个花瓣粘在更大的圆锥中,直到全部完成。

6

请大人帮你把绿色的毛根扭扭棒从玫瑰花的底端插进去,并固定好。

原理

野生玫瑰只有5个花瓣,但人工培育的玫瑰最多可以长出40个花瓣!玫瑰花瓣有时被用来制作香水,它还有药用价值。正面思考对心理健康也有好处。如果你用积极的心态看待事物,你便会觉得生活更加美好,也会更有能力应对令人担忧的事。此外,你还会发现,正面思考会吸引积极向上的人,给自己的生活带来快乐和友谊。

动手做一做

动量的作用

科林赛跑的时候速度很快,他的动量因此增加,所以他很难停下来。试试下面这个实验,研究一下质量和速度会如何影响弹珠的动量。

准备材料

- 两本精装书
- 中间有凹槽的尺子
- 测量用的尺子
- 胶带
- 一张大约10厘米长的小卡片
- 两个弹珠(一大一小)
- 纸和铅笔

1 在桌子上放一本精装书,把带有凹槽的尺子搭在上面。

2 将卡片对折,立在尺子前面一点的地方,用胶带在桌子上做好标记。

3 把小弹珠放在尺子的顶端,让它滚下来。它会在滚动的过程中推动卡片。用胶带标记卡片的新位置,用第二把尺子测量卡片移动的距离。

科学

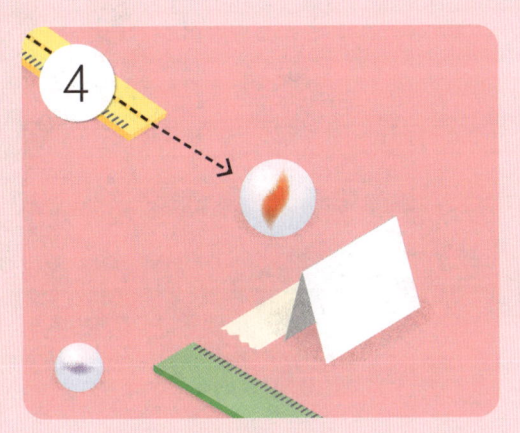

4

把卡片放回原来的位置，然后用大弹珠再做一次实验。这一次卡片会移动多远呢？

5

现在，把两本精装书摞在一起，重复这个实验，先用小弹珠，再用大弹珠。每次的结果是什么样的呢？

6

每个实验重复几次，在表格中记录结果。计算每次弹珠滚落的平均距离。每次的动量有什么不同呢？

原理

你会发现，弹珠从一本书的高度滚下时，动量较小。弹珠从两本书的高度滚下时，因为重力的作用，速度会更快，它会把卡片推得更远。大弹珠更重，所以动量也更大。

083